白雀の絹雲

白木沙波
Shiraki Sawa

文芸社

白雀の絹雲　目次

プロローグ

とある夏の日の午後。

にわか雨でも降り出してきそうなほどに、天空を怪しげな雲が覆い始めていた。

それはまるで、これからひとりの女性を襲う、嘆きと苦悩を象徴しているかのように映った。


その女性の名は小野沢弘美、二十七歳。

彼女はＯＬ時代に知り合った男性、小野沢準矢と結婚。二人の間には、三歳と四歳の子供がいて、どこの家庭にもよく見られる、ごく普通の円満な日々を送っていた。

七月の半ば。じりじりと焼けつくような暑さに見舞われた昼下がりのことである。

弘美はいつものように子供たちと昼食を終え、幼い二人に昼寝をさせて、束の間の至福のひと時を過ごしていた。二人の子供たちに昼寝をさせている間、決まって友人と長電話を楽しむことが彼女の日課のひとつだった。そして午後二時を少々回った頃、一本の電話が鳴り響いた。

受話器の向こうに、夫・準矢の職場の同僚である水本春樹の声が聞こえた。

「もしもし、弘美。俺だけど。実は、大変なことが起きたんだ」

「え？　大変なことって、何かあったの？」

「準矢が、準矢が……」

「春樹さん。どうしたの？　何かあったの？　落ち着いて話してよ。主人が、主人がどうかしたの？」

「弘美。これから俺の話すことを落ち着いてようく聞いてくれ。実は、準矢が、準矢が、事故で亡くなったんだ」

「春樹さん。今あなた、な、何て言ったの？　主人がなんですって？　主人がし、死んだですって？　まさか、そんな、嘘でしょ。ど、どうして」

受話器を持ったまま激しく動揺する弘美の様子が、春樹に伝わった。

「さっき警察から会社に電話が入ったんだ。あいつ取引先のスーパーに新商品の案内で営業に出ていて、そこの厨房で起きたガス爆発に巻き込まれて、近くの大学病院に運ばれたらしい。急いで弘美に電話したけど話し中だったから、とりあえず俺だけでもと思ってこうして病院へ駆けつけたんだが、すでに遅かった。激しい爆発の影響で、見るも無惨な姿に……。最初はあいつだとは思いたくなかったけど、服装であいつだと判断したんだ」

「それっていつのこと？」

「ついさっきだよ。俺が昼食を済ませてデスクに戻ったら、警察から突然事故の知らせが入ったというわけなんだ」

事情を知らされ、体中から力が抜けたように愕然となった弘美は、その場にへたり込んでしまった。しばらく何も言葉にすることができずにいたが、どうにか心を落ち着かせながら、か細い声で話し始めた。

「そ、そうだったの。実はついさっき子供たちを寝かせつけた後、友達とつい長電話になっちゃって、それでつながらなかったのね。わかったわ。じゃ、とりあえずそちらの病院へ急いで行くから、春樹さん、そこで待っていてくれるかしら」

「ああ」

精一杯心の動揺を抑えながら、気丈に振る舞っている彼女の姿が、春樹には手に取るようにわかった。

春樹から突然の訃報を受け、気が動転した弘美は、すぐにその場を動ける状態ではなかったが、このままこうして手をこまねいているわけにもいかない。

弘美は、今しがた昼寝をさせたばかりの幼い子供たちを起こし、身支度もそこそこにタクシーを拾い、急いで夫が搬送された大学病院へと駆けつけた。

いきなり起こされ、しかも傍らでわけもなくおどおどしている母親の様子を見て、四つになる幼い息子の直矢が、不安そうに尋ねた。

「ママ、どこへ行くの。ママ、どうしてそんなに慌ててるの。ねえ、どうしたの?」

息子のその問いかけに、弘美はどう答えていいのかわからず、懸命に言葉を探す。

「ああ、あのね。ちょっとこれから病院へ行くところなの。心配しなくていいのよ」

とっさに出た言葉に、弘美は後戻りできないことを覚悟した。

するとすかさず息子は尋ねてきた。

「ママ、どこか痛いの？」

「ううん。ちょっとね」

「早くよくなるといいね」

「そ、そうね」

この子たちは、まだ自分の父親の死を知らない。というより、人が死ぬということがどういうことなのか、まったく理解できない年齢だ。

弘美は苦し紛れに嘘の話をすること自体、とても情けない人間のように思えた。正直にこの場で、あなたたちのパパは事故に巻き込まれて死んだのよと言えたらどんなに楽か。そう思うと、とても辛いものがあった。

家を出てから約二十分後、弘美と子供たちを乗せたタクシーが大学病院に到着した。

病院の正面玄関に、夫の同僚でもあり、無二の親友でもある水本春樹が立って、弘美の到着を待っていた。

「春樹さん。本当に主人は死んでしまったの？」

弘美にそう尋ねられた春樹だが、なぜか、半ば確信のない表情を見せながら軽く頷いた。

「そう。とにかく、主人のところへ連れてって」

「わかった。一緒に行こう」

春樹に連れられた先は霊安室で、そこにはすでに何人かの人が遺体を囲み、号泣する声が聞こえた。その中には義母の姿もあった。

そこへそっと弘美が近付いていくと、寝台の上には夫であるはずの遺体が、まったく確認が取れないほどの有様で横たわっていた。

これでは本人であるかどうかも見分けがつかないではないか。それなのに、どうして周りの人間は皆、主人と判断し、そして号泣までしているのか。

寝台の上の亡き夫のそばにいて、弘美には不思議と悲しみの涙さえ出てこなかった。まだ夫が、不慮の事故で亡くなったなどという、その現実を受け入れきれないからかもしれない。しかしそれと同時に、今この寝台の上に眠っている人間が、夫の準矢ではないのではないかという確信に近い疑念を抱いていたからでもあった。それとも、ただそう思いたいだけなのだろうか。

そばにいた幼い子供たちは、事の次第がまったく理解できないらしく、ただその場にいて周りの様子をぼんやりと眺めていた。それでもこの子供たちには、いつかは本当のことを教えてやらねばならない時が来るだろう。

涙は見せないながらも、弘美は必死に心の中で悲しみを受け止め、ひたすら堪え忍んでいた。

第一章　妻の疑念

二日後、準矢の葬儀が執り行われた。そこには、準矢が勤める会社の同僚や上司、それに、ガス爆発を引き起こした出先の上役の顔もあった。出先の上役数人が焼香の席に顔を見せるなり、義母の雅代はいきなり彼らに対し憤激し始めた。

「あなた方、息子を事故に巻き込んで殺しておきながら、よくもおめおめとこうして顔を出せたわね。許せないわ。このまま黙って帰ってちょうだい」

怒りに震えながら相手を罵倒する義母の姿に、弘美は初めて、姑の気丈さを見た思いだった。いつもは穏やかで口数の少ない姑だが、大切な我が子の命を奪われたことへの憤りが、彼女をそういった思いもよらない行動に駆り立てたに違いない。

それにつけても、未だに弘美の中には、解せないわだかまりのようなものが残っていた。夫が不慮の事故に遭遇したというその日、本当に彼は、スーパーに出向いていたのだろうか。……なぜ事故のあった前の日に、夫は妻である自分に三十万円ものお金を引き出させたのだろう。それに夫は、そのお金を何に使う気だったのか。もしやどこかへ行く予定でもあったのだろうか。

何度考えても腑に落ちないことばかりである。それというのも夫の準矢は、家族に隠し事をしたり、独りよがりな行動を取ったりできる男ではないからだ。それにしても、あの大金の用途を一言も明かさずに。何か、人には知られたくない秘密を持っていたのであろうか。

弘美は、夫の祭壇の前でお焼香をする人々に挨拶を返しながらも、事故が起きる前日のことを思い返していた。

その日は週明け。外は前の晩からずっと雨が降り続いている状態だった。

おまけに台風が近付いていたせいか、いささか風も強かった。

そんな外の様子を窓から窺いながら夫がぼそりと言った言葉を、弘美は台所で朝食の準備をしながら耳にした。

「今日は随分外が荒れているなあ。この分だと明日もこんなかな。行くのやめようかな」

「え？　明日どこかへ行くの？」

弘美は何気なく、でもすかさず、夫の小さな呟きに反応するかのように尋ねた。

すると夫は口ごもり、わけのわからない言葉を発しながら、そのまま何も答えようとはしなかった。そして黙って朝刊の記事に見入ったままだった。

弘美は夫のその不可解なリアクションに、一抹の不安を感じた。

それから夫は朝食を済ませ、出勤間際になって、弘美にある頼み事をしてきた。

「弘美。明日どうしてもお金を必要とする用が出来てしまった。だから急で申し訳ないんだが、今日三十万円だけ下ろしてきてくれないか。頼む」

「だってこの前もあなたに頼まれて三十万円下ろしてきたばかりよ。なのにまた？　一体何に使うの？」

「いいから黙って俺の言うことを聞いていればいいんだよ」

夫はそうやって怒鳴り散らし、家を後にした。

弘美にしてみれば、この一週間に二回も夫が多額のお金を必要とする意図もまったくわからないまま、今回の事故死を迎えてしまったのである。そのことに、何か不思議な違和感を覚え、ますます夫の死を真正面から受け止めることができなくなっていた。夫が弘美に要求してきた三十万円という金の行方。もしかすると女でも出来たのではと、一時は夫に不信感を抱いたこともあった。が、弘美はあえて夫に尋ねることはしなかった。たとえ夫を問い詰めたとしても、彼は決して秘密を明かすようなことはしない人間だからである。

問いただし真実を知ったところで、自分が惨めになるだけである。知らずにいたほうがいいと思った弘美は、夫に命じられるまま、二度目も三十万円のお金を銀行から下ろし手渡したのだった。

もしかすると、三度目の要求が成されるかもしれないという懸念も虚しく終わった。なぜなら、今回夫は、出先での不慮の事故に巻き込まれてしまったのだから。合計六十万円ものお金の行方もわからぬままだ。

葬儀の会場には、当然のことながら、夫が生前会社内で特別仲のよかった、同僚の水本春樹の姿もあった。彼は準矢の祭壇で焼香を済ませ、弘美の前に来て深々と頭を下げて挨拶をし、一瞬弘美と目を合わせたが、何も語らずその場を立ち去っていった。

しかし、弘美を見た時の春樹の目は、何かを語ろうとしている目だった。それに気付かぬ弘美ではない。

「彼はもしかしたら、夫について何かを知っているのでは……」

そこで弘美は、周りを気にしながらもその場をゆっくりと中座し、人目を避けるようにしてそっと春樹に近付き声をかけた。

「春樹さん」

それはまるで以心伝心。背後から女の声で呼び止められ、その声が弘美であるとわかると、春樹は彼女が自分に近付いてきた意図を悟った。互いが無言のうちに相通じるものを感じているかのように。が、あえて彼は素知らぬふりをした。

「ああ、誰かと思ったら君か。で、俺に何か用?」

春樹の妙に他人行儀な態度に、弘美は少々ためらいがちになりながらも、その場に春樹を引き止めておきたかった。

「いいえ。別にこれといって用はないんだけど、ゆっくりあなたと主人のことでお話がしたくなって。それで……あ、いえ、こんな場所では当然人目もあることだし、いずれ場所を変えてゆっくりと……」

弘美のその意味深な語りかけに、春樹は戸惑いを覚えずにはいられなかった。

準矢を含めた三人は、同じ職場で働く仲のよい友人同士だった。

二人は同時に弘美のことを好いていたが、ある日準矢は春樹の知らないところで、強引に弘美にプロポーズをしていたのだった。

結局、そこで弘美は、強引ではあるが積極的な行動に出た小野沢準矢を選んだ。春樹にとってみれば、準矢は抜け駆けして弘美を奪った形になったのである。

卑怯といえば卑怯な男といえるかもしれない。春樹自身も同じくらいに弘美を愛してはいた。だが、積極的な性格の準矢とは正反対に、春樹は優柔不断な性格だった。それがむしろ損を招いたともいえる。

準矢から突然、弘美と結婚するという事実を聞かされた時はショックを隠せなかったが、これも天命と諦め自ら身を引いた。そして弘美と準矢は結婚し、二人の子供に恵まれた。

二人が結婚して四年目の夏。このまま二人は、幸せな結婚生活を送れると信じていたのだが……。

七月も終わりに近付き、梅雨が明けた。照りつける太陽の下、弘美のもとへ義母と義姉がやって来た。

義姉は弘美より八歳年上の三十五歳。未だ独身である。結婚もせず、自由気ままに親元で暮らすマザコン女。普段義姉が弘美を訪ねてやって来るなど皆無に等しいことなのに、一体どういう風の吹きまわしなのか。

弘美とこの義姉とはあまり仲がよくない。それゆえ、準矢の通勤事情も考慮し、夫の実家から離れて間借り生活できたことに、弘美は感謝しているくらいである。そこへ突然の来訪。弘美は不吉な妄想を抱き始めた。

もしかしたら義姉は、私から無理矢理、準矢の遺品を奪い去りにやって来たのかもしれない。それとも……。

いろいろ考えあぐねながらも、弘美は愛想よく二人を中へ招き入れた。

「いらっしゃい。さあどうぞ。散らかってますけど」

「弘美さん。なんか元気そうじゃない。あたしてっきり準矢が死んで、悲しみに暮れて泣き続けているものとばかり思っていたけど、違ってたみたいね」

義姉からいきなり予想もしなかったような嫌味を吐かれ、一瞬反発心を持ったが、弘美は立場上返す言葉もなく、ただ黙っている他なかった。

が、もう一方、義母は優しさと賢さを合わせ持った女である。彼女は何も語らず、息子の遺影が飾られている部屋に入っていき、携えてきた花を仏壇に供えると、静かに焼香をし始めた。

弘美は義母のその姿に、心の動揺を少しだけ鎮めることができた。

義母は息子の遺影に手を合わせた後、しばらく何も語らず黙したまま、辺りをぐるぐると見渡していた。母親のその様子を見て、義姉の美知子が話しかけた。

「母さん、どうしたの？　一体何を見てんのよ」

「お前は少し黙ってなさい。お前も結婚すればわかるわよ。今まで一緒に生きてきた家族が突然いなくなったら、お前だったらどうするの」

母親にそう諭された娘の美知子は、返す言葉もなく黙ったまま俯いているだけだった。

弘美は、この義母が実の娘を叱る様子を見て、先ほど玄関先で自分がされたことへの借りを返してもらったように感じ、いい気味だと思った。

そして義母はすっくと立ち上がり、部屋を出て、そのまま弘美の家を後にしたのである。

二人を玄関まで見送りに出ると、そこにはタクシーが待機していた。最初から手短に用を済ませ、すぐに帰る段取りをしていたのであろう。

二人がタクシーに乗り込むや否や、今まで弘美にひと言も語りかけてこなかった義母が、その時初めて口を開いた。

「弘美さん」

「はい。な、なんでしょう」

「あなたも私と同じことを考えていると思うんだけど、私は未だに準矢が死んだなんて信じられないのよ。どこかであの子は生きているような気がするの」

「お、お義母さん」

二人のやり取りを隣で聞いていた義姉の美知子は、まるで自分が蚊帳の外に置かれているような気持ちになり、不快な表情を見せた。

「か、母さん。一体何を言ってるの。準矢は死んだのよ。今更変なこと言わないでよ。私までおかしくなりそうだわ」

弘美はその時、義母もやはり自分と同じことを考えていたと知り、心のどこかで安堵を覚えた。そして義母の告白に暗黙のうちに頷いていた。

やがて二人を乗せたタクシーは、弘美に見送られ駅方向に向かって走り去っていった。二人がやって来てわずか十分。瞬く間の出来事だった。

この日は娘の美知子を伴っての訪問ゆえに、美知子に少々気を遣っていたのか、幼い孫たちにも会わずそそくさと帰っていった義母。たぶん美知子さえいなければ、ゆっくり孫の顔を見てくつろぐ時間もあっただろう。そんなふうに、自分の娘と嫁に対する気配りのできる賢い姑だからこそ、弘美はここにこうして心安らかにいられるのかもしれない。


家の中では幼い子供たちが、父親が事故死した事実をまったく知らずに無邪気におもちゃ遊びに耽っている。そんな二人の姿を見ながら、再びシーンと静まり返った部屋の中で、弘美はふとあることを考え始めていた。

夫の職場に出向き、彼が残していったデスクの中の私物などを整理しようと。

夫の準矢が生きていた頃は、その職場に出向く機会すらなく、そしてさらには自分にとってはまったく無用の長物だった。が、今は事情が変わった。一日も早く夫の足跡を知りたい。自分から離れた場所に夫の遺品を残しておきたくなかったのである。

事故処理も済み、労災の手続きもそろそろしなくてはならない。勤務中の事故として支払われる保険金が膨大に入る予定になっていた。

夫が今の会社に入って十数年。他の社員に比べれば決して長い年月ではないが、それなりの退職金と労災保険金が支払われることになるだろう。それだけが、弘美と残された子供たちの唯一の支えになる。

が、中には、相手の過失による事故なのだから、裁判を起こしてはという声も聞かれた。営業で訪れた先での突然のガス爆発による死。当然相手が罪の償いをしなくてはならない問題である。だがその時の弘美は、そんな知識も気力すらも持ち合わせてはいなかった。

裁判を起こすにあたって、まず先立つものといえば、弁護士費用などがあるだろう。未だかつて経験したことのない問題だけに、不安な面が多々あった。ましてや、若輩の自分に一体何ができるというのか。

それに、裁判をためらう理由はもうひとつ。

未だに夫が死んだという事実を認めていないということ。

「もしかしたら、あの死体は夫ではなく、他の誰かが夫の身代わりになって……」

などと疑ってやまなかったからである。

あれこれ考える途上で、このまま前に進んでもよいのかという懸念がよぎる。そういう諸々の思いを抱いて、夫の勤める会社を訪れた。

夫は食品会社に勤務し、スーパー等に卸す製品を扱うバイヤーをしていた。そのため週に二、三度は、各所に点在する大手スーパーへ出向いていた。事故の起きた日、夫は訪れた先のスーパーの店長と商談の予定を組んでいたらしい。他にあと二件ほど営業の仕事が予定されていた。ところが、最初の営業先の厨房近くを通りかかった時、厨房からガス漏れが発生し、天ぷら鍋をかけていたコンロの火が引火し爆発した。激しい爆風とともにその場で倒れたのは、夫の準矢を含め約五、六名ほどだった。あまりの衝撃で、人の判別ができないほどのすさまじさだったという。そのため、病院に搬送された夫の遺体は、顔ではなく着用していた腕時計、それと赤に白のストライプ模様のネクタイと紺色のスーツで特定されたのである。

それにつけても、やはり腑に落ちないのは、前後して夫が二度も三十万円ずつお金を要求してきたことである。夫は一体その金を何に使おうとしていたのだろうか。

「もしや夫は、今もあのお金を持って、どこかで生きているかもしれない」

そうやって弘美は、勝手に自分の中で推測していたのだった。

気が付くと、弘美を乗せたエレベーターは夫の勤務していた八階のオフィスの前に止まっていた。

営業推進企画課。なにも今初めて目にする課名ではない。過去に自分がこの城でOLをしていた頃は、嫌というほど目にした場所である。

しかし、そこには今も昔も変わらぬ殺伐とした冷たい空気が漂っている。会話ひとつなく、客が訪れているにもかかわらず、誰も出迎えてもくれない。

そんな中で、弘美は密かに夫のデスクを探していた。それに気付いた、中でも唯一気さくそうに見える若いＯＬが近付いてきた。

「いらっしゃいませ。あの失礼ですが、どちら様でいらっしゃいますか？」

見るからに心優しい感じの、背の低い小太りの若い女性だった。

「あの、私、こちらで今までお世話になりました、小野沢の妻です。今日夫のデスクを整理しにまいりました」

「あ、小野沢主任の奥様でいらっしゃいますか。さあ、どうぞこちらへ。このたびはご主人様がお亡くなりになり、本当にご愁傷様でした。何と申し上げてよいやら」

そう言って弘美をオフィスの中へ導き、ソファーへ座らせてくれた。

事のついでに、課長の山本にも挨拶をと思ってやって来たのだが、彼はあいにく出張で留守だった。とはいえ、内心では堅苦しい挨拶をせずに済んだことにホッとしたというのが正直なところだ。

たった今出迎えてくれた女性が、コーヒーを運んできてくれた。

「改めてご挨拶申し上げます。本当にこのたびは小野沢主任がお亡くなりになられて、何と申し上げていいのか……」

そう言って深々と頭を下げてきた。

「あ、い、いえ、どうも。長い間主人がお世話になりました」

「今日はゆっくりしていってくださいね。あいにく山本課長は留守にしておりますけど、後ほど課長には、奥様がいらしたことをお伝え致します。それでは私はこれで……」

そう言うと、若い小太りの女性は自分のデスクに戻っていった。

弘美は目の前のコーヒーを飲み干した後、ゆっくりと夫が使っていたデスクに向かい、手短に夫の愛用していた遺品だけを持って帰ろうと考えていた。彼が愛用していた万年筆や湯飲み茶碗など以外は、貴重品といえるものはまったくといっていいほどなく、むしろ弘美にとってはそれがかえってよかったのかもしれない。もしもそこに、夫の愛用品とされるものがそれ以上あったなら、ますます夫を忘れられなくなってしまいそうだったからである。

デスクの引き出しを開けると、何やらちょっとしたレターセットのようなものが目についた。それは、ピンクの小さな花柄模様が描かれた横型のものだった。それを手に取ると、中に入っている一枚の便箋を見つけた。

それは、短い文章で綴られた手紙のようでもあった。

そして、それ以外にもう一枚、見知らぬ女性の顔写真が入っていた。

初めて見る写真の女性に、弘美は息を呑んだ。

「夫に女が……」

弘美はまるで不意打ちをかけられたように身を震わせながら、辺りをそっと見渡した。

しかし、誰も気付いてはいない。それだけが救いだった。

とにかく弘美は、夫のデスクの引き出しを整理し、大まかなものだけを携えてその場を立ち去ることにした。その中には当然、先ほど手にした見知らぬ女性からのものと思われるレターセットもあったが、弘美は素知らぬふりをして、その場で破り捨てていこうかどうしようか迷った。

でも、もしこの写真の女性が夫の愛人であったとしても、もう今となってはまったく関係がないはず。その女性に今更嫉妬したところで今の自分には何の意味もない。

弘美は、そのわけありの残物をあえて破り捨てることはせず、黙って持ち帰ることにした。持参した紙袋にちょうど間に合うだけの量の荷物を抱えて、弘美はそこにいる社員数人と、先ほどの小太りのＯＬにも挨拶をして、オフィスを後にした。

紙袋の荷物はさほど多くはないはずなのに、妙にずしりとした重みが感じられた。

それは一体なぜなのだろうか。やはり、見てはいけないものを見てしまい、そしてそれを携えている心の重みのせいなのかもしれない。

オフィスを出て、斜め向かいのエレベーターの前に立ったその時、まるで偶然とでもいったように、あの水本春樹もその場に居合わせていた。

「春樹さん。この前は主人の葬儀に来てくれてありがとう」

「やあ。まさか君とこんなところで会うなんて思わなかったな。で、今日は何の用で来たの？」

「主人が使っていたデスクを片付けに来たの」

「そうだったのか。で、このまままっすぐ家に帰るの？　もしよかったら、どこかでお茶でも飲んでいかない？　これからちょうど外回りに出ようとしていたところだから、ついでにどうかと思って」

「別にこれといって何の用もないし、むしろちょうど誰かとお話でもしたい気分でいたからあなたに会えてよかったわ」

「え？　何かあったとか」

「ううん、べ、別に何も……」

どこか奥歯に物が挟まったような言い方に、春樹は何か尋常ならざるものを感じていた。

「それじゃ、ここを出て交差点を渡ったすぐのところにある『ポプラ並木』というお店に行こう。話はそこでゆっくり聞くから」

「ええ」

自分たち以外誰もいないエレベーターの中で、二人は肩を並べながら互いに昔を思い出し、まるで恋人のような気分を味わっていたに違いない。誰にはばかることもなく、二人だけの空間で何を感じていたのか。

もしあの時、亡くなった準矢よりも先にプロポーズをしていたら、もしかすれば今頃は、弘美と平凡で幸福な結婚生活を送っていたかもしれない。

今更ながら春樹は、過ぎてしまったことへの後悔の念に苛まれていた。そして今、狭い空間の中で弘美と二人だけの、瞬きをするほどのごく短い時をともにしている。

エレベーターを降りると、社内を行き来する従業員でごった返していた。その中にはもちろん、弘美を知る昔の同僚もいて、すれ違い様に声をかけてくる者もいた。

「あら弘美じゃない。久しぶりね。こんなところで会えるなんて……で、今日は何か用事でもあったの？」

結婚前同じ課にいた及川光代である。不幸があったばかりの弘美に対する、ささやかな気遣いが滲み出ていた。

「ええ、久しぶりね。あなたは元気にしてた？　主人のものを引き取りに来たのよ」

「そう。ご主人があんなことになっちゃって。何て言ったらいいのか……」

「いいのよ。気にしないで。それじゃ、さよなら」

久方ぶりに会った友人に対する少々素っ気ない会話に、弘美はいささか寂寞の念に駆られていた。するとそばにいた春樹に意表を突かれ、我に返った。

「どうしたの？　彼女とはあんなに仲よかったのに、まるで他人行儀みたいだったけど。何か悩み事でもあるなら、俺が聞いてあげてもいいよ」

「ありがとう」

二人は昔に返ったように肩を並べて、近くの喫茶店へと向かった。

昔は、よく三人で仕事帰りに立ち寄り、コーヒーを飲みながら語り合ったものである。

久しぶりに入った昔馴染みの店内は、以前と少しも変わったふうがなく、かえってその代わり映えのしない光景は弘美にとっては何より喜ばしい限りだった。

「結婚前はよく主人とあなたと三人で、ここでお茶を飲んだりしてたけど、今日こうして何年ぶりかで来てみると、全然店内の様子は変わっていないのね。でもどこか新鮮な感じがするのはなぜかしら」

「それは、こうして久しぶりにやって来たからだよ。しょっちゅう来てたらそんなふうに思わないって」

「不思議なものね。結婚したとたん、独身時代は気楽に入っていた喫茶店にも足がとんと遠のいてしまうんだから。それもこれも、子供が生まれて、家庭に縛られてしまっているせいなのかもしれないわね。ところで、春樹さん。どうしてあなた、未だに独りでいるの？　誰かいい人いないの？」

「別にあまりそういうことに頓着したことないから。というより、むしろ結婚というものに興味が湧いてこないせいかもしれない。もしする気があったなら、とっくにしてるさ」

「そう」

「ところで弘美。さっき少し気になったんだけど、デスクの片付けをしていて何かあったんじゃないの？」

「べ、別に何もないわ。ただ、今まで夫が使っていたデスクだと思うと感慨深いものがあって、そ、それでいろいろと考えさせられることが多いのよ。たとえば、彼は私みたいな女と一緒になって、本当に幸せだったのかどうかとか、それから……」

「それから？」

「それから……た、たとえば、その……他に好きな人がいなかったのかとか……。あ、ごめんなさい。余計な取り越し苦労を聞かせちゃって」

「弘美。あ、ごめん。つい馴れ馴れしくなってしまって」

「いいのよ。昔のままで呼んで。そのほうが私も普通でいられるから」

「弘美、なぜそんなふうに思うんだい？　何かあったの？　もし話したいことがあるんだったら、俺に聞かせてくれないかな」

「実は……」

　弘美はそう言いかけて、夫のデスクから持ってきた荷物の入った手提げ袋に目をやった。とっさに弘美のその動作に気付いた春樹は、彼女が持つ懸念の種がその中にあると悟り、なおも弘美から心の内奥にある秘密を引き出そうと努めた。

「弘美。もし俺の勘違いだったら許してくれ。もしかすると、君の持っているその紙袋の中に、何か君を不安に駆り立てるものが入っているんじゃないのか？　そうだろ。だったら正直に話すべきだ。俺で力になれることだったら協力するから」

　春樹にそう言われ、頑なに閉ざされていた弘美の心が次第に開かれようとしていた。

「実は、さっき主人のデスクを整理していた時に、これが見つかったの」

　弘美はそう言いながら、紙袋の中から一枚の封筒を取り出し、春樹の前に差し出して見せた。

　ピンクの小さな花柄模様の封筒である。一目瞭然。それは誰の目から見ても女性から送られたものと判断されてしかるべき代物である。目の前に差し出された、そのわけありの代物を見つめ、春樹はしばらくは言葉に詰まるほどのショックを覚えていた。

「こ、これって、もしかして、女性から送られたものだったりとか……」

「たぶん。私もこれを見つけた時は一瞬そう思ったわ。中には短い手紙文のようなものと、一枚の若い女性の写真が入っていた。たぶんその人が手紙の送り主じゃないかと……」

　春樹はそっと封筒の中身を取り出し、問題の写真をよく見ると、年の頃は三十代前半とも二十代半ばともとれる。どちらかといえば、大人しそうなタイプの顔立ちの女性だ。「やはりこれは、亡くなった準矢の愛人であろうか」写真を手にしながら、春樹はそう思った。

　一方、写真と一緒に添えられていた一枚の手紙らしきものには、たった一、二行だけの短い文章が書かれてあった。

『この前は本当にありがとう。このご恩は決して忘れません』

この文章が意味するものは一体何なのか。弘美が思い出すのは、やはりあの六十万円ものお金を夫が自分に引き出させたことである。それとこれとに何か関係はあるのだろうか。よく見ると、写真の裏の一番下の部分に日付が書いてあるようだった。

七月六日。

それは、準矢がスーパーのガス爆発に巻き込まれて亡くなる一週間ほど前のものである。夫が最初に三十万円を下ろしてきてほしいと言ったのも、確かこの頃ではなかったか。やはりあのお金は、夫がこの女性のために使ったものなのか。

「弘美。君、この写真を見てしまったんだね。そうだろう。だから俺と一緒にいても、あまり多くを語ろうとしなかった。友人とすれ違っても素っ気ない会話で済ませた。きっと動揺していたんだろうって、今やっとわかったよ。気持ちは察するよ。誰だってこんなもの目にしたら、気が動転して何も手に付かなくなってしまう。本当にあいつは罪作りな奴だ。生きていたらぶん殴っているところだ」

「私に同情してくれる気持ちはありがたいけど、本来ならば、あなたにこれを見せるべきではなかったって後悔してる。だって、これは亡くなった主人と私の問題ですもの。だからあまり興奮しないで。あ、それよりもこれからまた出かけるところがあるんでしょ。邪魔しちゃったみたいで悪いわ。私のことはもういいから、お仕事に行ってちょうだい。それに私これから行くところがあるから」

「どこに行くんだい。もしよかったら送ってくよ」

「ありがとう。気持ちだけ受け取っておくわ。それじゃ」

そう言って弘美は、春樹だけを残して店を出た。店を出て、まっすぐ家には帰らず、まるで人目を避けるようにして雑踏に紛れ、そして何を思ってか、再び夫の職場へと戻っていった。どうしても、夫が事故に遭遇したあの日の足取りを確認したかったからである。

弘美の姿を確認するなり、先ほど夫のデスクを片付けに出向いた際、弘美を出迎えてくれた、あの小太りのＯＬが再びつかつかと近付いてきて、今度もやはり同じように柔らかな口調で迎えてくれた。

「ああ、小野沢主任の奥様じゃありませんか。何かお忘れ物でも？」

「いいえ。あのう、ちょっとお尋ねしたいことがあるんですけど。よろしいでしょうか？」

「はい。私でよろしければ何なりとおっしゃってください」

「あの日、事故のあった日なんですが、本当に主人はあのお店に出向いていたんでしょうか？」

突飛な質問に、それまで笑顔で応対してくれていたこの女性も、まるで狐につままれたような様子で、驚いた表情で弘美のほうを見つめていた。

それもそのはず。その日ガス爆発が起きた場所にいて、事故に遭って亡くなった当の本人のことを、なぜ目の前にいる奥方が疑っているのか不思議だったからであろう。

「あ、ご、ごめんなさい。質問の内容が違ったわね。あの日の仕事のスケジュールを確認したいんです」

「ご主人がスケジュール通り、本当にあの日、あの爆発事故があった場所に、出向いていたかどうかということですね」

「ええ」

「ちょっと待ってくださいね。今調べてきますから」

小太りのＯＬ山崎典江はそう言って席を外し、社員の勤務日程の綴りを、保管場所である奥の部屋へ取りにいった。その間弘美は、極度の緊張のせいか、無性にのどの渇きを覚えていた。

ここへは、あの日の夫の足取りの確認とともに、真実を知りたくて来た。それなのに弘美は、今自分が行っている行動そのものが怖くなっていたからだ。もしここで、夫の裏側、真実なるものを知った場合、自分は一体どうすればよいのか。いずれにしても、山崎が社員のスケジュールのぎっしり詰まった、分厚いファイルなるものを持ってくるのにさほど時間はかからない。早く見たい気もするが、どこか不安な思いが、弘美の中に渦巻いていた。

やがて山崎典江は、そのファイルを持って現れた。

「お待たせしました。これがあの日のご主人の勤務内容が書かれたものです」

山崎はそう言って、弘美にそのファイルを差し出した。

「お借りします」

山崎はそのファイルを手渡した後、目の前の客人に出すべき茶を用意しに立った。

山崎が茶を入れに立ったのを見計らって、弘美は手元に置かれてあるスケジュール表を開いてみた。

事故のあった日、七月十三日。水曜日。

夫は確かにその場所に勤務と記されてあった。事故現場の店長と商談の予定も組まれてある。が、その商談は、事故が起きてしまったために没となってしまった。

改めて弘美は思い起こす。

夫は一体何のために、計六十万円ものお金が必要だったのだろう。そしてもうひとつ。夫のデスクの引き出しから見つかった、一通の手紙と若い女性の顔写真。

それ以上何も知るすべがないまま、どこか当てが外れてしまったようで虚しかった。むしろ、スケジュールの中身がまったく異なる内容であってほしいと願っていただけに、大きく期待を裏切られたような気持ちになっていた。

すると、お茶を運んできた山崎が声をかけてきた。

「奥様。何かお役に立ちましたか?」

「え、ええ。おかげさまで、本当にありがとうございます。お忙しいのに手間を取らせてしまってすみません。確かに夫の勤務であることがわかったので、あの、これお返しします。それじゃ私はこれで」

そう言って席を立ち、オフィスを後にした。
夫の職場を出た後、その足で今度は事故のあったスーパーへと向かった。

第二章　孤独な捜査

現場は、夫の職場からタクシーを飛ばして十五分ないし二十分ほどのところにあった。そこへ行けば、もしかすると何かがわかるかもしれないというかすかな期待のようなものが、弘美にはあった。

弘美を乗せたタクシーが、事故のあった店の前に止まった。未だ事故の爪あとが残っており、爆発のすさまじさを物語っている。というのも、店の大半が爆風で吹き飛び、再開の目処が立たない状態にあったのだ。

そんな中で、どうやってあの日の出来事や夫の足取りを追い求めることができるのか。まして、あの日この場所に居合わせた店内の従業員や、夫と商談の約束をしていた人物になど会えるはずもないのに。

弘美は、荒れ果てた建物の前にじっと佇みながら途方に暮れていた。

どれほどの時間が経っただろうか。すっかり爆風で壊れた建物を前にひとり佇む女性のもとに、あるひとりの中年男性が前触れもなく現れた。

その男は背が非常に高く、百八十センチ以上はあるだろうと思われた。まるで画家を思わせるようなグレーのベレー帽を被り、おまけに濃い顎髭を生やし、口にはたばこをくわえていた。まさかその人間を、警察官であるなどと誰が思うだろうか。たまたま事故のあった現場に居合わせたと見えて、互いに疑いの目を持つことはなかった。

最初に声をかけてきたのは男性のほうだった。

「何を見ているんですか？」

男は、弘美が、目の前の変わり果てた建物を茫漠とした様子で眺めている姿を見てそう問いかけた。

いきなり脇から見知らぬ男に声をかけられた弘美は、慌てて姿勢を正し、髪の毛を何度も右手で撫で付ける仕草を見せた。緊張感をほぐすためにやる、彼女のいつもの癖だ。

「ああ、いえ、別に。ここでものすごいガス爆発があったんですってね」

「ええそうです。よくご存知で。ここに誰かお知り合いでもいらしたんですか？」

「ええ。まあ」

「そうですか。で、その方はどうなりましたか？」

「あのう……あなたは？」

「あ、私ですか。私はこう見えても刑事でして」

「まあ、刑事さんでしたか。それはどうもご苦労様です」

弘美はそう言って、相手の男に丁重に頭を下げた。今まで刑事と名の付く人間と、こうして間近で話すことなど一度もなかった。そのせいか、妙な緊張感が彼女をそういうリアクションに駆り立てたのだった。

しかし同時に弘美は、相手が刑事と知るや、さっきまで抱いていた絶望的な思いがどこかへ吹き飛んでいったように、かすかな希望の光が差し込み始めた気がしていた。地獄に仏ではないが、それに近い感情を心の中で見出していたのである。

「あのう、実は私……その、今回ここで起きたガス爆発で犠牲になった者の家族の者なんですが……」

「え？　どなたが亡くなられたんですか」

「主人です」

「そうですか」

「仕事で来ていたんです。バイヤーをしており、常にこちらへは仕事で来ていましたから。もし爆発事故がなければ、ここの店長さんと商談をする予定だったそうです」

「間が悪かったとしか言いようがないですね。ひと足遅く来ているか、あるいはそれよりも少し早く来ていれば事故に遭わずに済んだかもしれないわけですから。何と言っていいかわかりません。とにかくご愁傷様です」

「どうも」

「で、話は変わりますが、今日ここへはあなたおひとりでいらしたんですか？」

「ええ、まあ。ここへ来る途中、主人の勤めていた会社へ出向き、生前夫が使っていたデスクの整理をしてまいりました」

「そうでしたか。それはさぞお辛かったでしょう。で、手に持っておられるのがそれですか」

「はい。整理をするといっても、書類関係がほとんどで、格別持ってくるものなんてなかったんですが、特に夫が愛用していたメガネそれから湯呑み茶碗、それに万年筆などの筆記用具くらいは手元に残しておきたかったので。あとは置いてきました」

「あのう、よかったら少し歩きませんか。なんなら近くの喫茶店にでも入って、コーヒーでも飲みながらゆっくりお話ししませんか。ここじゃ人通りも多いし、それに人目にも付きますから」

「そうですね。じゃお言葉に甘えて」

百八十センチもの長身の男と、小柄な弘美が二人肩を並べて歩く姿は、至極目立って見えた。が、今二人がいるこの場所は、とかく都会というに相応しく、高いビルが建ち並ぶ大通りのど真ん中。誰一人として二人のことを知る者はいない。

夫を亡くしたばかりの弘美には、すぐ隣を自分と肩を並べて歩くこの中年の刑事が、今まで出会ったことのない異質な人物に見えた。

二つ目の信号を右に曲がり、その角を三百メートルほど歩いた先の雑居ビルの三階にちょっとした喫茶店があった。彼はこの店の常連客と見えて、何のためらいもなくさっそうとその中へと入っていった。

「ここへはよくいらっしゃるんですか?」

「ときどきね。僕は仕事柄あちこち出歩いているせいか、ここと思ったところが見つかると病みつきになって、つい入り浸りになるんです。一種の病気でしてね。ここもそんな感じで目に付いた場所のひとつかもしれない。道路に面したお店だと人目に付きやすいでしょ。僕はそういうスケルトンのような場所は好きじゃないんだ」

「私は別にどんな場所でも気にしないほうですけど、こんなところにも喫茶店があったなんて知らなかったわ。結婚前は散々食べ歩いたり飲み歩いたりしてましたけど、結婚後は、家庭のことや子供の世話やらで、そんな楽しみからすっかり遠ざかってしまいました。本当はそんなんじゃいけないのにね。あ、刑事さんの前で気安くタメ口なんかきいてすみません」

「いいんですよ。それで、さっきのあなたの様子を見ていてちょっと気になったんです。事故現場をじっと見つめながらこの人は何を考えているんだろうってね。ま、私の気のせいかもしれませんが」

「考えるというか何というか、こんなこと刑事さんにお話ししても信じてもらえないかもしれませんけど。あたし、もしかしたら主人はどこかで生きているような気がするんです」

「どうしてそう思うんですか。だって死体を確認なさったんでしょう？　それにそろそろ労災保険の認定が下りるはずですし、今更そんなことを言われても遅すぎると思いますけどね」

「今はお金とか財産とか、そういうことがまったくと言っていいほど私の眼中にはないんです。おかしいでしょ。一家の働き手を失って、この世で一番頼りになるのはお金なのにね。でも、もしここで保険金を受け取ってしまったら、永遠に夫をこの世から葬り去ることになってしまうみたいで虚しいんです。人に言われずとも、そろそろそういう手続きをしなければいけない時期に来ているということは、百も承知なんですけど……」

「あなたの気持ちはようく理解できます。きっとあなたじゃなくても、誰だってそう考えるでしょう。なかなか家族の死というのは諦めきれないものがありますから。特に自分の連れ合いが亡くなった場合は。でもあれこれ考えながら足踏み状態を続けていてもどうしようもありません。とにかく前に進まないことにはね」

「あのう……まだ自己紹介しておりませんでしたね。私は小野沢弘美と申します。あの現場で起きたガス爆発で亡くなった小野沢準矢の妻です」

「私のほうこそ申し遅れてすみません。私は千葉県警の捜査一課に所属しております、杉山直輔というものです。よろしく」

そう言って、ワイシャツの胸ポケットから自分の名刺を取り出し、弘美に差し出した。そこには「千葉県警捜査一課主任」とある。確かに、年齢や外見からも、それなりの身分の人間であるということが窺えた。

「捜査一課の主任さんですか」

「はいそうです。もし差し支えなければ、洗いざらい私にお話ししていただけますか。もしかしたら捜査の途上で何かわかるかもしれません」

「本当に洗いざらいお話ししてもよろしいですか」

「ええ、かまいませんよ。どうぞ」

刑事の杉山にそう促された弘美は、大きく息を吸い込み、そしてゆっくりと吐き出しながら、いつもの癖で髪を撫で始めた。その仕草は話し終えるまで数回繰り返され、彼女のそういった性格を、否が応でも杉山は記憶してしまうほどだった。

「あの、実は主人があのスーパーで事故に遭って亡くなる前日、私にお金を下ろしてくるよう言ってきました。その前にも同じことがあって、どちらも三十万円ずつ、計六十万円もの大金です。ま、大金と言えるほどの額ではありませんが、なぜそんな中途半端なお金を下ろすよう私に命じたのか。いずれにせよ、何に使うのかを問い詰めることもせず、私はどこまで人がいいのかと今になって悔やまれて仕方がありません。そんな経緯があるからこそ、夫はもしかしたら今頃、どこか私の知らないところでのうのうと生きているんじゃないかと、そんな気がしてならないんです」

そこまで言い終わると、弘美は迷いながらも言葉を続ける。

「それぱかりではありません。ついさっき夫の会社に出向いてデスクを整理していたら、こんなものが出てきたんです」

そう言って弘美は、紙袋の中から一枚の封筒を取り出し、杉山に差し出して見せた。

「何ですかこれは」

「とにかく開けて見てください」

杉山はそう言われて、目の前に差し出された一枚の封筒を手にし、中身を取り出した。

そして杉山は、その中に入っている若い女性の顔写真と、それから、たった二行しか記されていない短いメッセージのようなものを見て、しばらく訝しげにじっと目を落としていた。

弘美は杉山のそういった表情の中に、いかにも刑事という職に似つかわしい、いぶし銀のようなものを感じた。

「あのう、どうしました？　さっきから何もおっしゃらないで。何か疑問でも？」

「あ、いや、何でもありません。あなたを前にしてこんなことを言うのは大変失礼かとは思いますが、これを見る限り、誰が見てもご主人の愛人か、もしくは深い交友関係のあった方かどちらかでしょうね」

「そうですよね。杉山さんの言う通りだと思います。でも、この方がどこの誰かということはまったく見当がつきませんし、探す当てなどどこにもありませんしね。もしもこの方の所在でもわかれば、今すぐにでも駆けつけたいところなのですが……」

「あの事故にこんな謎が隠されていたなんて思ってもいませんでしたね。もしもですよ、奥さん。あなたが今でもご主人がどこかで生きておられるという確信が少しでもおありでしたら、私は喜んで捜査に当たらせていただきます。というのは、あなたがさっきおっしゃった、ご主人が事故で亡くなられる前日に、多額のお金を引き出させたという事実に基づいての私の見解ですから、そこのところはあなたに了承していただきますが」

「ええ、それは結構です。少しでも夫が生きているということが実証されたら、私はそれでいいんですから」

「どうしてもご主人の死を認めたくないということですね」

「はい」

「それじゃ、差し支えなければ、しばらくこの手紙と写真をお借りしてもよろしいでしょうか」

「ええ。それはかまいませんわ」

そう言って弘美は、その封筒の中身もろとも、すべてをこの杉山に委ねることに決めた。


それから一週間が経ち、あの杉山刑事から電話が入った。

「もしもし、杉山です。この前はどうも。あれからいろいろとご主人の交友関係を当たってみました。それでひとつわかったことがあるんです。その調査をしに、これから山形の天童に行ってこようと思ってますが、あなたも一緒に行きませんか」

「え？　山形ですか。何かわかったんですか」

「ええ。まあ全部というわけではありませんが、ご主人の友人というか知人の方に会ってちょっとお話を聞いてみたら、ご主人はときどき、出張に合わせてそこを訪れていたそうですよ。何のために行っていたのかは知りませんが、いずれそこに行ってみたら何かわかるんじゃないかと思いましてね」

「山形に誰か知り合いでもいたのかしら。もしかしたら、あの写真の人と何か関係でも……」

弘美はまるで独り言を呟くような小さな声で、電話の向こうの杉山に語りかけた。すると杉山は、弘美の囁くような言葉に同調するように頷いた。

「おそらく。これから午後の新幹線で山形まで行ってこようと思いますが、あなたはどうします?」

「いえ。私はここで待ってます。どういう結果が出ようと、私はひとつも動じませんからご心配なく。お気を付けて行ってらしてください」

「そうですか。わかりました。それじゃ」

そう言って、杉山からの電話は切れた。

シーンと静まり返った部屋の中に漂う異様な空気が、弘美を一層不安にさせた。もしも杉山の誘いに応じて一緒に山形まで行けたなら、どんなに気持ちが楽になれたであろう。しかし、幼い子供たちを置いてはどこにも行けない。身動きひとつできない自分の今の状況を恨めしく思わずにはいられなかった。

するとそこへ、四歳になる長男の直矢と三歳になる長女の香央莉が、二人そろって母親のもとへやって来た。

「ママ。パパはどこに行ったの? どうして家にいないの? お仕事からまだ帰ってこないの?」

幼い我が子に父親の所在を聞かれ返答に詰まり、とうとうその時初めて、弘美の目から涙が溢れ出した。その姿を見て、長男の直矢は何かを悟ったように、涙を流す母親に向かって「パパもういないの?」と尋ねるのだった。

弘美は溢れる涙を必死に抑えながら、諭すように言い聞かせた。

「あ、あのね直ちゃん。パパはね、ちょっとだけママと離れて暮らしているだけだから。もう少ししたら帰ってくるから待ってるのよ」

「うん、わかった。でもどうしてそんなに泣いているの? 泣くのやめようよ。僕悲しくなるからね」

「ごめんね。ママあなたの気持ちも知らないで余計な心配かけちゃって。わかった、もう泣かない」

そうだ。まだ泣くのはよそう。刑事の杉山が自分のために、夫捜しに奔走してくれているではないか。もしかしたら山形で何か吉報をつかんでくるかもしれない。それを頼みに、今は冷静に待つことに努めようと思った。


ひとりの刑事が密かに動いている最中、あれこれと思う間もなく夫の四十九日がそこまで近付いていたある日のこと、再びあの気難しい義姉が、弘美の家を訪ねてきた。

一体義姉はここへ何をしにやって来たのであろうか。

迎え入れる弘美の胸中はどこか複雑だった。

帰する所、義姉の美知子は亡くなった弟の保険金が下りることを目前にして、卑しくもそれにかこつけて、のこのことひとりでやって来たというものらしい。いつもは弘美に対して嫌味たっぷりに接している彼女だが、この日ばかりは妙に神妙な面持ちで現れた。

「あら弘美さん、元気にしてた？」

「え、ええ。まあ、おかげさまで。で、お義姉さん、今日は何かご用でも」

弘美はうすうす義姉の薄汚い魂胆を見抜きつつも、わざとらしくそう尋ねた。

すると義姉の美知子は、まるで自分の腹の内を相手に見透かされたようでばつが悪くなったのか、すぐさま表情を強張らせながらこう答えた。

「べ、別にこれっていう用はな、ないんだけど、ただ弟を拝ませてもらおうと思って来ただけよ。わ、悪いかしら」

「そうですか。で、今日はお義母様は一緒にいらっしゃらなかったんですか」

弘美の態度に美知子は、まるで自分が子供扱いをされているような気がして腹が立った。

「あたしは弟の仏前に線香を手向けにきたっていうだけなのに、何か文句でもあるの？」

あわや口論となりかけたが、無駄な抵抗をしたくなかったので、やむを得ず弘美は義姉を家の中に招き入れることにした。

「ここでは人目もありますから、とりあえず中へどうぞ」

「ふん」

義姉は、すこぶる機嫌の悪そうな態度で家の中に入っていった。弘美は、こうなることを想定していただけに、自然に溜め息が零れた。

義姉は言葉通りに、弟の仏前に座り手を合わせながら、何やらしばらく弟の遺影に視線を投じていた。そのままの状態で、義姉は何も語らずにいた。先ほどの玄関でのやり取りを気にしてか、それとも、自分が今日ここへ来た目的を果たせぬまま帰ってしまうことを懸念してのことか。いずれにせよ、弘美には義姉の心境がつかめないまま時間だけが過ぎていった。

たまりかねた弘美は沈黙を破り、自分のほうから語りかけた。

「お義姉さん。どうかなさったんですか？　さっきから何にもおっしゃらないで。とりあえずお茶でもお持ちしますね」

そう言われて、やっと義姉も口を開いた。

「さっきはみっともない姿を見せてごめんなさいね。そのことを思い出したら恥ずかしくなって、それで何も言えなかったのよ。お茶はいいわ。それにタクシーを待たせてあるからもう帰るわね」

そう言って義姉は、そそくさと家を後にした。外に待たせていたタクシーに乗り込む義姉を背後から見送りながら、弘美は思った。

わざわざこうして弟の遺影に手を合わせるふりなどしてまで、亡くなった弟のお金を当てにするなんて、なんていまいましい女なんだろうと。

義姉の美知子は三十五歳。独身。今まで一度も結婚の経験がなく、母親と二人きりの生活を送っている、俗に言う甘ったれのマザコン娘である。世の中の常識とか人の痛みすら知らずに生きてきたわがまま娘にとって、自分の人生を省みる時、お金だけが頼みの綱と考えるのは当然かもしれない。

そんなにまでしてお金が欲しいのなら、全部くれてやってもいい。本気でそんな捨て台詞の如く考えてしまうところなのだが、今の弘美にはそうすることのできない事情があった。

とりもなおさず、夫の死を、未だもって信じていないというところに行き着くからである。

そして一週間後、夫・準矢の四十九日の法要を迎えた。法要は親戚数名を招いて質素に行われた。もちろんその場には、あの義姉、美知子の姿もあった。しかもいい年をして、未だに母親のおっぱいを吸い続けている乳飲み子の如く甘えながら、年老いた母親のそばに寄り添っている。遠目からそんなふうにして親に甘える義姉の姿を見た弘美は、ほんの少しだけ彼女を羨ましいと感じていた。

なぜなら、結婚をして家庭を持つ身の自分には、もうそのような機会はやって来ないのだから。まして、夫がいなくなった今、弘美には幼い子供たちを養育していかなくてはならないという重責がのしかかっている。今更人を羨ましいなどと考える余裕はないはずなのに。だからこそ余計、義姉が羨ましく思えたに違いない。

が、その反面、羨ましいと思う裏には、未だ親元から独立できずにいる彼女のことを、ほんの少しだけ哀れと思う心も働いていた。もしも近い将来頼りとすべき母親がいなくなったら、彼女は一体……。

ちなみに亡くなった準矢には、姉の美知子の他にもうひとり、二歳年下の弟がいて、彼は市役所に勤務している。この日の法要には家族を連れてやって来ていた。

彼の名は小野沢哲矢。三年前に結婚をし、二歳になる男の子がいる。夫の準矢とは唯一顔や性格が似ており、そのせいか姉の美知子より弟の哲矢とのほうが相性はよかった。とりわけ義姉の美知子は、兄弟の中ではたったひとりの女子とあって、一番甘やかされて育ったのだろう。どうしても、同じ女である弘美とは馬が合わない。

皆がお膳に箸をつけ始め、周りが会話で賑わい始めると、弘美は親戚の者たちに酌をしに立った。何人かの親戚に酒を勧めながら相手をしていると、そこへ弟の哲矢がやって来て、何やら耳打ちをしてきた。

彼は、弘美と準矢が結婚をする際、二人が家族に反対された折、ただ一人、二人の味方になって仲介をしてくれた男である。

「哲矢さん。どうしたの、一体……」

「義姉さんいろいろと大変だっただろう。及ばずながら兄貴の代わりに少しは力になるから、何かあったら言ってよ」

「ありがとう。あなたにそう言ってもらえると嬉しいわ。いつか折を見て、由利さんと家に遊びにいらして」

「ああ」

二人のそういったやり取りを、義姉の美知子は離れた場所から、少々不機嫌な眼差しで眺めていた。自分をないがしろにして自分たちだけで何かを目論んでいるのではないかと思うと、我慢ができないのだろう。彼女にはわがままな性格以外にもうひとつ、嫉妬深い面があった。

血を分けた自分よりも、赤の他人である弘美と仲よくしている弟を見て、いつの間にか美知子は、弘美に対して敵対心を抱くようになっていった。

それだけではない。近々弟のお金が弘美に下りることを知っているがゆえに、金に対する執着心も膨らみ始めていた。

自分は独身の身。これから先何を頼りにするというのか。当然のことながらそれは結局、お金。

「何とかして弟のお金を分け与えてもらわなくては」

浅はかな独身女の悪知恵というもの。哲矢は昔からそういった姉の気性を知り尽くしていたがゆえに、義姉である弘美の身を案じていた。姉の金に対する貪欲なまでの執着心が、どこまで弘美に魔の手となって押し寄せるのか。それを思うと、兄と弘美の仲を取り持った人間として最後まで守る義務があると感じていた。

その一方で、弘美の中で記憶に新しい、あの杉山という刑事の存在があった。その後何か捜査の進展はあったのか。夫のデスクから見つかった封筒の中の写真の女性と、夫との接点に関する情報は得られたのだろうか。

あれから杉山刑事からの連絡は、何もないまま時は過ぎていった。

四十九日の法要も無事終わり、再びいつもの静かな時を迎えた。法事のさなか、義弟の哲矢が酌の席で弘美に囁いた、慈悲深い思いやりの言葉のひとつひとつが記憶によみがえった。いずれにせよ、夫の準矢が亡くなって、それでも自分は人知れず刑事に、死んだはずの夫捜しを依頼している。そこに決着をつけない限り、先には進めない。

弘美はその後、夫の捜索について聞こうと、杉山の所属する県警を訪ねた。直接足を運び彼に面会を求めたものの、あいにく彼は出張で留守にしているという。弘美は思った。やはりまだ夫の捜索に手間取っているのだろうか、と。

そしてここで杉山の行き先を尋ねると、それは弘美の思惑とはまったくかけ離れたところにあった。杉山は今山形にはおらず、新潟の村上という場所にいるというのである。

彼はなぜ、何のために新潟へなど行っているのだろう。もしかしたら、私が依頼したこととはまったく別の捜査でもしに行っているのだろうか。

弘美がそんなことを勝手に詮索していると、杉山の所属する課の女性警官は言った。

「あのう、杉山に何かご用でいらしたんですよね？　ご用件をお聞きして、後で本人にお知らせしておきますが」

　そう言われ、一瞬どうすればよいか戸惑いながらも、意を決して弘美は言った。

「すみません。それではひとつお願いしたいのですが、もし杉山さんから連絡がありましたら、小野沢弘美という者が訪ねてきたと、そうお伝えください」

　それだけを伝え、弘美はその場を去った。いずれ彼から、何かしら連絡が入るであろう。

　そう信じて、今度は足早に友人宅へと向かった。人様の家に子供を預けて出かけることなど今まで一度もなかったが、その友人の連れ合いと亡くなった夫とは職場の同僚でもあり、おまけに近所の好《よしみ》も手伝って、彼女は人一倍弘美を気遣ってくれていた。

　今回、弘美はそんな彼女の好意に甘えて、初めて子供を預けて外出したのだった。

「お帰りなさい。どうだったの？　用は済んだ？」

「う、うん。まあ……でもすぐに終わらせることはできないから、また子供たちを頼むことになるかもしれないけど、その時はよろしくね」

「なに言ってるの。水臭いわね。私たちお互い、夫婦同士仲のいい友達なんだから気にしないでいいのよ。用事なんてそんな一度に終わらせようと思わないで、ゆっくり片付けていけばいいじゃない」

「ありがとう。あなたにそう言ってもらうと本当に助かるわ」

　それから家に帰り、しばらくして弘美が夕餉の支度に取りかかろうとした時である。

弘美の携帯に、見知らぬ番号からの電話が入った。

「誰だろう」

思い当たる節がないわけではない。「もしや」そう思い、恐る恐る携帯に出た。

「もしもし」

「ああ、小野沢さんですか」

「え、ええ、そうですが」

「私です。杉山です」

相手の名前を聞き、やっと弘美に安堵が戻った。

「あなたでしたか。お久しぶりです。あなたからの連絡をずうっと首を長くして待っておりました。どうされているのかと気になっていたんです。今どちらですか？」

「どうもすみません。今まで聞き込みにいろいろと出歩いてまして。今日たまたま署のほうに戻ったら、あなたがおいでになったということを聞きましてね。あれからだいぶ時間が経ってしまいましたがなかなか捜査が進展せず、こっちも半分やきもきしているところへ、あなたの来訪を聞いて、これではいけないと気を引き締めたところです」

続けて、杉山刑事は捜査状況を説明した。

「いや実はですね、最初あなたのご主人の知人の方に会っていろいろと交友関係を洗ってみましたら、ひとりだけ特にご主人と親しくされていた方と遭遇することができて、詳しく事の内容を説明しましたら、いろいろ教えてくれました。あなたのご主人、学生の頃にある友人の方と二人で山梨のほうで登山をしたことがあって、その時に登った山で嵐に遭い、お二人は遭難してしまったそうなんです」

「それで、その方はどうなさったんですか？」

「実はご主人と一緒だったその友人の方は、激しい嵐にあおられ、足を滑らせて崖から落ちてしまい亡くなったそうなんです」

「まあ……。そのお話、今初めて聞きましたわ。そうだったんですか。でも、その方と写真の女性と、何か関係でもあったんでしょうか」

「ええ。大ありなんです」

他人から聞かされる夫の過去に、弘美の胸の鼓動は波打ち、激しく揺れた。

「聞かせてください。夫の過去について、もっと詳しく知りたいんです」

「電話ではなんですから、これからどこかでお会いできませんか。なんなら私がそちらへ行ってもかまいませんが」

「いいえ。私のほうからそちらへ伺います。あの……場所を指定してください」

「わかりました。じゃあ、この前あなたと入った、あのお店で待ってますから」

「お仕事のほうはもうよろしいんですか？」

「ええ、うちへ帰る途中であなたに電話してるんです。私のほうは大丈夫ですから」

「そうですか。わかりました。それじゃ」

ほんの少しだけ、先の明るさが見えてきたような気がした。今まで夫の準矢は、妻である自分に、なぜそのような大事なことを隠していたのだろう。何か、人に言われぬ秘密でもあったのだろうか。

とりあえず、杉山に会って話を聞くことにした。再び子供たちを友人宅へ預けて、この前杉山とともに入った、雑居ビルの三階にあるコーヒーショップへと急いだ。

2LDKほどの狭い空間に、客は弘美と杉山の二人だけ。店内には『男と女』の曲が静かに流れていた。その曲の音色に誘われて、急にノスタルジーな心境に陥ったが、客の声がしないその静寂さは、妙に弘美を落ち着かせた。その中で弘美は、これから夫の過去について語ろうとする杉山の話に、しっかりと耳を傾けられる余裕というものを持てる気がしてきた。

「あなたにご足労をおかけして本当にすみません。何になさいますか？」

「じゃあ、コーヒーを……」

すると杉山は、店の従業員に気安く呼びかけ注文を済ませた。

「杉山さん。電話で聞けなかった部分をお話ししてくれますか」

「わかりました。それじゃあお話ししましょう。念のためにご主人の仕事場を訪ね、特に親しかった方何人かに当たってみました。するとその中のひとりが、こんなことをおっしゃってました。事故のあった日、ご主人はどうしても行かなくてはならないところがあるから、誰か自分の代わりに得意先の商談に行ってくれる人はいないかと探していたそうなんです。それで、妙なことがひとつありましてね」

「なんですか、その妙なことって」

「うちの署に、一件だけ捜索願が出されているんですよ」

「あの事故の後ですか？」

「ええ、まあ。ただそれがあのガス爆発事故と関係あるかどうかは確かではないんですが。いずれにしても、自分の身代わりを探していたことは間違いありません」

「代わってくれるよう夫に頼まれた方から、夫の昔のことを聞かれたんですか？」

「ええ、彼は小野沢さんとは他の誰よりも親しかったみたいですからね。自分の過去のことを明かすほどですから、よっぽど信頼の置ける人物なんでしょうね」

「でもその方は都合がつかなかったんですね。それから夫は他に誰か見つけたんでしょうか」

「わかりません。さっき話した失踪事件と小野沢さんとの間に何らかの接点でもあれば、あるいは」

「そうですか。では、あの写真の方のことは何かわかりましたか」

「そのことなんですが、ご主人の学生時代に山での滑落事故で亡くなった友人の妹さんが、その写真の女性ではないかと言ってるんです。確かなことを知りたくて、この女性の生まれ故郷を訪ねてみました」

「それで……」

「その方は長いこと闘病生活を送っていたそうなんですが、つい最近他界したそうです」

「え？　亡くなられたんですか。どんなご病気で……？」

「昔から体が弱い方で、今まで何度も入退院を繰り返してこられたとか。ただでさえ体が弱く免疫不全のところへ、院内感染をしたらしく、間もなく息を引き取られたそうです」

「お気の毒に。でもその方、山で亡くなった主人の友人の妹ではないかって言ってましたよね。なぜ確定できないんですか。何か事情でもあるんでしょうか」

「生まれた時からずっと家で生活をしてこなかったそうです。生まれつき体が弱くて、普通の暮らしができないほどの難病を抱えていましたから、彼女を知る人はあまりいないんですよ。それに、彼女の両親は転々と住まいを変えて生活してましたから、その人たちを詳しく知る人っていうのは極めて少ない状態で。だから周りは、彼女の存在をあまり知らないのかもしれません。可哀想っていえば可哀想ですよね。そんな時、風の便りでご主人が彼女の存在を知り、いてもたってもいられなくなったのではないでしょうか。過去の償いをするつもりで、その人のためにお金を用立てしようと、あなたに六十万ものお金を下ろさせたんじゃないかなって私は推測しているんですが」

「じゃあの日も、その女性のところへ……。でも問題なのは、主人の代わりを一体誰が務めたかってことですよね。代わりが見つかったから、主人は安心してその人に会いに行ったってことじゃないですか。それにさっき、事故後に偶然にも一件の捜索願があったと言っていましたよね？　その方ってもしかしたら男性の方でしょうか？」

「いえ、そこまではまだ確認できていません。なにせ、捜索願なんていうのは珍しくありませんから」

「でも、時期が重なっていますし、調べればわかるはずですが」

「そうですね。とにかく、私が山形に行ってわかったことはそれだけです」

「で、新潟へは何をしに行ってらしたんですか」

「実は、亡くなったご主人の同僚から話を聞いて、最初山形へ行ってみましたら、病院で亡くなった女性、つまり例の写真の女性と思われる方の所在を突き止めることができました。ですがもうそこには彼女の実家はなく、新潟にひとり親類の方がいるということを聞いて、それで住所を辿って行ってきたんです」

「それで、その方にはお会いできたんですか」

「ええ。それでその方から詳しく写真の女性の過去について伺いました。その方は、病院で亡くなった女性の伯父に当たる方で、母親の兄だと言っていました。名前は萩久保進一さんといって、少々複雑な家庭状況下で生まれ育った人らしいです」

「まあ。どんな事情があったんですか」

「そのですね、亡くなった女性の実家の祖母にあたる方は後妻で、その後妻との間に生まれたのが彼女のお母さんだそうです。その後妻は、自分の子を無理矢理跡取りにするために、長男である彼女の伯父、つまり前妻の子であった萩久保さんを、新潟へ婿に出してしまった、というわけです。複雑といえば複雑。取りようによっては卑劣極まりない手口で邪魔な先妻の子を追い出してしまったようにも聞こえますよね。世の中には色んな人生を生きている人がいるんだと、つくづく考えさせられました」

そこでしみじみとした表情を浮かべた杉山刑事は、やがて複雑な面持ちでこう続けた。

「でもその方、自分の運命を呪ったことはないと言っていました。『だって、跡を継いだ妹の生き様と比べると、遠くへ婿に出された自分のほうがずっと幸福な人生を送っている。それに妹の娘は生まれながらに病弱な体で、人並みに普通の生活をすることもできないまま若くして一生を終えた。それもこれも、自分を邪険に扱った継母に対する天罰なのかな』ってね。そういうふうなことを赤裸々に他人の私に言うんだから、幸福を口にしている反面、よっぽど昔のことを根に持っているんだと思ったね」

「跡を継ぐべき人だったのに、継母の采配でそのような生き方を余儀なくされたんですもの、無理もないことだわ。今となっては、もう自分を邪魔者扱いする人は誰もいなくなったんだから、その人の天下みたいなものね。それでその萩久保さんは、亡くなった写真の方とうちの主人について何か知っていましたか?」

「いや、彼はそのことについては何も知らないと思いますよ。もうご自分は他家に婿入りをした身だし、たとえ何が起きようと関わりのないことですからね。一応今までの私の足取りを一通りお話ししましたが、いずれ時が来れば、何らかの突破口が見つかるはずです。そう落胆せずに、そうなる日を待ちましょう」

「ええ。そうですわね」

そう言って頷きながらも、未だに悶々とくすぶる謎が、なおも弘美を苦しめた。

弘美にとっては、亡くなった女性の親族関係などどうでもよかった。要は、亡くなったかもしれない夫が、なぜ今になって、昔の友人の事故死に対して責任を負わなければならなかったのか、ということだ。その人の妹という女性のために、六十万ものお金を使ってまでも。

夫は自分の影武者を立てるために、その日の仕事を代わってくれる人を探していた。しかも秘密裏に。そして、その後に捜索願が出されている。

次第に、弘美の中で何かが絡み合い、複雑に入り乱れ始めていた。こんな時、弘美にとって唯一心を許して何でも話せる相手といえば、やはりあの日の事故をいの一番に自分に伝えてくれた、水本春樹しかいない。

もしも仮にあの時、準矢の強引なプロポーズを退け、春樹を受け入れていたら、今の自分はどういう運命を辿っていたであろうか。そう思うと、弘美の中でかすかな後悔がよぎった。

しかし今は、幼い二人の子供たちの母親。母親として、彼らを守る義務がある。それを思うと、弘美の両肩にずしりとした重い鉛のようなものがのしかかり、自らをがんじがらめに縛りつけてしまいそうになった。

それでも気が付くと、携帯で春樹の番号を検索していた。そしてその番号を見るなり、どうすべきか迷っていた。そういった迷いが、ますます相手への依頼心を深めていく。何度も携帯を開け閉めし、春樹の番号を睨むように眺めながら、通話ボタンの上に指を滑らせる。

「いや、やっぱり今はよそう。事故が起こってまだ日が浅い。それに夫は生きているかもしれないというのに、他の男と情を交わしてでもいるような行動は慎むべきだわ」

数日が経ち、夫の生命保険や会社から支給される労災保険等の手続きを遂行するための書類が届いた。それにのっとって手続きを遂行すれば、それらすべてが弘美の手元に入るのである。

だが、弘美は未だ迷っていた。

もしかすると、夫はどこかでひっそりと隠れるようにして生きているかもしれないという思いが、弘美をそうさせていたのである。もしもこの場で支給されるお金を全額受け取ってしまえば、その時点で夫の死を真っ向から肯定することになる。そうなれば事実上、この世から夫の存在を抹消してしまうことになるだろう。

それは弘美の独りよがりな思い、ひとつの賭けのようなものだった。が、時間は待ってはくれない。手続き上では、夫は死亡ということになっている。つまり弘美は未亡人。世間にはばかることなく、夫の遺産という名の下においてすべての保険金を受け取ったとしても、誰も文句の言いようがないのは必定だ。

もし仮に多額の保険金を手に入れるとしたら、夫の生存などはっきりしないほうが都合がいいに決まっている。それでも刑事の杉山に夫の足取りを追うよう願い出たのは自分だ。今更夫の行方などどうでもいいなどとは言えない。

弘美は迷いに迷った末、それらの手続きをいろいろと理由をつけて、しばらくの間保留することに決めた。

準矢の死から百か日が過ぎた。形ばかりの法要を済ませ、墓を後にしようとした時、近くの駐車場で水本春樹に会った。彼もやはり準矢の百か日を拝むためにやって来たらしい。

「春樹さん。あなたも来てくれたのね。ありがとう」

「今日はあいつの百か日だろ。たぶん来てるだろうなと思ってたよ。僭越ながら俺も花束を持って手を合わせにきた。あれから元気にしてた?」

「ええ、なんとか。あなたは?」

「相変わらずこの通りさ。あれからしばらく君から何の音沙汰もないから、どうしているのかと思ってね」

「何度もあなたに連絡を入れようと思って携帯を手にしたんだけれど、なかなか勇気が出なくって」

「どうして? いつもの君らしくもない。ま、気持ちはわかるよ。あいつを亡くしたばかりだし、まだ心も落ち着かない状態だろうから、あまり気に病まなくていいよ。後で俺のほうから連絡入れるからさ」

「ありがとう。そう言ってもらえるとこっちもホッとするわ。その時はひとつ相談に乗ってくれる？」

「相談？　なんかあったの？」

「ううーん、別に相談ってほどのことでもないけど。ちょっとね」

「そう、わかった。これからよかったら一緒に食事でもと思ったけど、親戚の人とかもいっぱい来てるだろ」

「うん。主人のお母様と姉たちがいるから今はダメだけど、明日子供たちを友人に預けてくるから、その時に会いましょう」

「ああ、わかった」

そう言って二人は別れた。

その間二人のやり取りをずっと物陰から見物していた義姉の美知子は、弘美に近付き嫌味たっぷりに話しかけてきた。

「弘美さん、今の人誰なの？　もしかしてあなた浮気してたんじゃないの？　弟が死んだのをいいことに、こそこそと隠れて恋愛ごっこなんかしてさ」

「お義姉さん、違います。あの人は準矢さんのお友達の水本さんです。今日は準矢さんの百か日でお墓を拝みにきてくれて、会ったついでにお話をしていただけです。変なこと言わないでください」

「あらそうだったの。ごめんなさいね。誤解だったら謝るわ。でも気を付けてよ。世間の目はごまかせないんだから」

義姉の美知子はそう言って含み笑いを浮かべながら、家族や親類のいるところへ戻っていった。きっと彼女は、自分を脅して保険金の一部を頂戴しようという魂胆であろう。そういった彼女の強欲さがはっきりと浮彫にされた瞬間だった。

しかし、そうとわかっていても、弘美の心の動揺は治まらなかった。彼女のことである。たった今春樹と会っていたことを皆に告げ口するに違いない。墓まいりを終えた後は近所の小料理屋「みずき」で内輪だけのささやかな食事会を開くことになっている。

弘美の不安は募った。その会食の席で、義姉が妙な騒ぎ立てをせねばよいが、と。

弘美がそうやって義姉からの目に見えない脅迫に怯えている最中、一方で春樹は、ひとり準矢の墓に来て、何事か呟くように語りかけていた。

「俺はお前を絶対許さないからな」

春樹が準矢の墓前でそう呟いた意図は一体何なのか。それは、愛する弘美をこの世にたったひとり残して、先に逝ってしまったことへの責めに他ならなかった。

春樹が準矢の墓前に佇んでいる頃、その日集った小野沢家の身内の者たちは、小料理屋の一室で精進料理を囲み会食していた。

最初のうちは、互いに落ち着いた雰囲気で席に着いていたが、やはり弘美の不安は的中した。義姉の、弘美に注がれる怪しげな視線が気になった。

この場で彼女から、先ほど駐車場で春樹と会っていたことを露骨に暴露されたらどうすればいい……。

義姉のいかにも冷たい視線を浴びながらも、弘美はわざと彼女を避けるようにしてトイレに立った。弘美が洗面台の前に立ち、目の前の鏡に映る自分の顔を眺めていると、そこへ背後から弘美の名を呼ぶ声がした。どうやら、義姉が後を追ってきたらしい。

「さっきのこと気にしてるの？　別にあんたたちのことは誰にも言わないから、安心して。その代わり私を助けてちょうだい。私ひとりじゃない。女がこれからひとりで生きていかなくちゃいけないことを考えると将来不安なのよね。だからさ、わかってるわよね」

まるで欲のかたまり丸出しの口ぶりだった。いよいよこの女は、自分を脅して、近い将来下りるであろう死んだ弟の保険金をもらおうとしている。が、弘美はあえてわざとらしく尋ねた。

「一体何のことですか？　あんまり人を脅かすような真似をすると、それこそお義姉さんが痛い目を見ますよ。ところでお義母さんはそのことご存知ですか？」

逆に弘美も、強気な態度を装いながら相手を脅しにかかった。すると、義姉は本心を見抜かれたと思い急にきまりが悪くなったのか、何も言えずにそそくさと元の場所へ戻って行ってしまった。

意地悪そうに見えてそのくせ、人から本心を暴かれると、何も言えずに負け犬の如く去っていってしまうのが、この女の持つ本性のようなもの。弘美はそういった彼女の弱い部分を、嫁に来た時からずうっと観察してきた。弘美にとってこの義姉の存在は取るに足らないものではあるが、先ほどの春樹との駐車場でのやり取りを騒ぎ立てることだけはやめてほしいと願った。

弘美は再び座敷に戻り、大衆の面前で馬鹿の一つ覚えのように母親に甘えている義姉の姿を見ながら思っていた。

嫁にも行かず、ああやっていつまで親元で暮らすつもりなのか。それにいい年をして、母親の膝元でいつまでも甘ったれた幼子のようにまとわりついていて何が楽しいのか。彼女が自分を目の敵にするのは、単なる金欲しさだけに止まらず、一番の理由は、特別親しい友人もなく、おまけに恋人と名の付く者もいない、要は、自分にはない、人が持っているものに対する嫉妬心ではないのかと。そう考えると、逆にああいった強がりを放つ負け犬の遠吠えのようなものを、彼女の中に改めてはっきりと見たような気がした。

そして次の日の昼過ぎ。

弘美は友人宅へ子供たちを預けると、昨日お墓の駐車場で春樹と別れる際に約束した場所へと赴いた。

そこは以前刑事の杉山と二度ほど来たことのある、市内の中心部に建つ雑居ビルの喫茶店だった。その場所を弘美があえて指定した理由は言うまでもなく、人目を避けるにはうってつけの場所だからである。

初めて足を踏み入れた春樹は、弘美の意外な一面を見たという様子でこう言った。

「君、どうしてここを指定したの？　ここへは初めてじゃないだろう。もしかして、昔あいつと一緒に来たことがあるとか」

「そうじゃないけど、たまたま友人とここへお茶しにきて知っただけよ。別に何も理由なんてないわ」

「そうか。いや、別にそんなことはどうでもいいんだ。それで、君が昨日言ってた相談事っていうのを聞かせてもらえるかな」

「話せば長くなるんだけど、聞いてくれるかしら」

「ああ。俺でよければ聞いてやるよ。何？」

「実はね……私、夫はどこかで生きているような気がするの。いえ、生きていると私の中で信じてやまないのよ」

「どうして今更そんなこと言うんだい？　だってあいつの葬儀や法要だって終わっているのに、そんな無茶苦茶なことを言ってどうするんだ。今言ったことは間違っても口にしゃダメだよ。他の人が聞いたら、頭がおかしくなったんじゃないかってバカにされるぞ」

「そんなこと、あなたに言われるまでもなく私だって百も承知よ。安易に口にできることじゃないってことはわかってるけど、あなただからこんな話をしてるのよ。わかって」

「まあ、話を聞くだけはただだからな。それで？」

「話を遡れば、ガス爆発が起きる前日、準矢さんに私、銀行から三十万円下ろしてきてほしいと頼まれたの。前にも同じことがあったから、その日が二度目。最初の時もやはり三十万円下ろせと言われたわ」

「何に使うお金か尋ねなかったのかい？」

「あたしこの通りのお人好しで鈍感な性格だから、一回目は何の疑いもなく銀行から下ろして夫に手渡したわ。でも二回目も同じ金額を要求されてさすがに不審に思ったの。それで初めて夫に尋ねてみた。何に使うのって」

「それであいつ、何て言った？」

「何も言わず、ただお金を下ろしてこいとしか言わなかった。つまらないことで口論になって子供たちを悲しませたくなかったから、私もそれ以上聞かなかったけど。次の日、夫が出先のお店で事故に遭って亡くなったって知らせをあなたから受けて、収容先の病院で寝台の上の無惨な遺体を見た時、無意識にも、この人主人じゃないんじゃないかってとっさに思ったわ。一体どうしてそんなふうに思ったのかわからないけど、きっと、二回も夫に多額のお金を下ろすよう頼まれたことに結びつくような気がしたからだと思うの」

「それで、その、あいつから要求されたお金の行方はわかったの？」

「……前にもこうしてあなたとお話ししたことがあったじゃない？　ほら、私が夫のデスクを片付けに行った帰り。私ね、あの後タクシーを飛ばして事故現場に行ってみたの。そこで爆発事故の衝撃がまざまざとこの目に焼きついて離れず、ショックのあまりその場に佇んでいた時、ひとりの刑事さんと出会ったの。その刑事さんに事の詳細を話して聞かせたら捜査してくれるっていうから、お言葉に甘えて事故当日の夫の足取りとか写真との関係を調べてもらっている最中なの。刑事さんからは一度連絡が入っただけで、今のところ何の音沙汰もないんだけど……そんな中ただひとつわかったことがあるの」

「どんなこと？」

「あの日見つかった例の女性の写真、あなたにも見せたわよね？」

「ああ、よく覚えているよ。あの写真を見て、まさかあいつに愛人がいたのかなって思ったくらいだからね。で、その後何かわかったの？」

「ええ。あの写真の人は山形の出身で、主人の学生時代の友人の妹さんなんじゃないかって。でもその友人の方、主人と一緒に山登りをしている時に嵐に遭い、足を滑らせて崖から落ちて亡くなってしまったそうなの。それで主人は、友人が山の事故で亡くなったのはすべて自分の責任だと思って、昔起きたことへの償いをしたかったんじゃないかしら」

「どうして今更……それに、お金が必要だった理由もわからないじゃないか」

「これはまだ推測なんだけど……」

弘美はそう前置きすると、自分の考えを口にし始めた。

「その妹さんは生まれつき体が弱くて、普通の人のように当たり前に生活をすることができなかったらしいの。それでずっと病院の中での生活を余儀なくされていたそうよ。だから周りは、彼女の存在すらも知らない人たちばかりで。でも最近になって、夫はたまたま風の便りに彼女の存在を知ってしまった。それで矢も楯もたまらず彼女に会いに行ったら、どうやらもう長くないらしい。それでも少しでも力になれればと、手術代や入院費の面倒を見ようとしたんじゃないかって、そう思ってるの。私が知るところはそこまでよ」

「事情はよくわかった。しかし、君は本当にあいつがどこかで生きていると信じているのか。だとしたら、もう今日限りでそう思うことをやめたほうがいい。もしあいつがどこかで生きているとしても、あの日自分が出向くはずだった出先での事故で自分が死んだことになっているとしたら、どう対処すると思う？　自分の身代わりになって死んだ人がいるとしたら？　俺だったら、この世から自分が消えた存在だと知った時点で、どこかへ身を隠すことを選ぶだろう。きっと、君の前にはもう現れないと思うよ」

「もしかしたらあなたは、あの人が二度と私の前に姿を現さないでほしいと願っているんじゃない？　私にはそう聞こえるわ」

弘美の言った言葉に、春樹はハッとさせられた。もしかしたらそれが自分の本音かもしれない。自分が放った言葉の裏に隠れている卑しい部分を弘美に見抜かれたようで、いささか気まり悪そうな面持ちになった。

「あ、ごめんなさい。誤解しないでちょうだい。興奮してつい余計なことを言ってしまったわ。そうよね、あなたの言う通りだわ。事情はどうであれ、事実上あの人はもう死んでいるのよね。これからのことを考えなくちゃ」

その後は何も語らず、無言のまま時間だけが過ぎていった。二人は互いの目を合わせることなく、目の前のコーヒーをゆっくりとすする。そして、最後の一口を飲み終えた弘美は、やっと自分のほうから口を開いた。

「ごめんなさい。つい私、つまんないことを言っちゃって。あなたに気まずい思いをさせてしまったんじゃないかしら」

「いや、いいんだ。別に気にしてないから。でも、もしも、もしもだ。仮に死んだはずの人間がひょっこり目の前に現れたら、君どうするつもり?」

「どうするって……」

「あ、いや、そんなことは万が一にもないだろうけど、どこかであいつが生きているとしたら……どうする?」

「難しい質問ね。確かに、もう主人の死亡届を出して葬儀まで済ませてしまったのに、今更ひょっこり生きてましたって出てこられても困るかもしれない。私とすれば主人には生きていてほしいと思うけど、それはとても複雑な問題だわ」

「そうだよな。ところで、その、君が事故現場で知り合った刑事さん。本当に信用できる人なのか？　捜査ったって本部挙げての捜査じゃないんだろ？　別件として蚊帳の外に置かれている可能性もあるから、あまり生真面目に連絡なんて待たないほうがいいかもしれないぜ。俺は、君のためにも、あまりあいつのことを深く追求しないほうが身のためだと思っている。君はこれからの人生を前向きに考えていったほうがいい。じゃないと、後で本当に辛い目に遭ってしまうかもしれないよ。いいね」

春樹からの警告じみた言葉には、さすがの弘美も怯んでしまうほど力がこもっていた。

春樹が言うのももっともである。弘美は夫の死を疑ってはいるが、今となってはもうそれは無意味なこと。この世に夫の居場所はないのだから。

二人が雑居ビルの喫茶店を、人目を避けるためにあえて別々に出たのは、かれこれ一時間以上も経った後のことである。

結婚をする前は誰にもはばかることなく自由気ままに飲み歩いていた仲だったにもかかわらず、過ぎ去った年月が二人の距離をすっかり遠ざけてしまった。決して後戻りのできない者同士。当然といえば当然といえるが、この時の二人の心の中に共通していたものは、純粋に「後悔」の二文字だけだった。

準矢の百か日が過ぎ、時は深秋の真っ只中になっていた。間近に迫る冬の到来を前に、弘美は一年前の夫との生活を思い浮かべていた。

去年の今頃は、夫と子供たちと四人でごく普通の生活を送っていた。夫婦仲が悪いとか、生活苦に喘いでいたということもない。どこにでも見られる、平凡でささやかな幸せに包まれた家庭を築いていたはずだ。それなのにいつ頃から、家庭崩壊の序曲が始まっていたのだろう。夫はいつ、昔の友人の妹のことを知り、写真の女性と巡り合ったのだろうか。

杉山刑事から初めて聞かされた、学生時代の登山事故のこと。そこで失った友人へ償いとして、おそらく夫は彼女に会う決心をした。が、しかしどうやって夫は、彼女の存在を知り得たのか。もしも仮に、夫と彼女を取り持つ第三者がいたとしたら、それは一体誰なのか。考えれば考えるほど、新たな疑問が頭をもたげる。

春樹の言う通り、過去のことを掘り下げて詮索するのはもうやめたほうがいいかもしれない。

杉山刑事からは何の音沙汰もないまま、紅葉も終わり晩秋を迎え、少しずつ冬の足音が近付きつつある頃、弘美の携帯に、一本の電話が入った。

「もしもし。あ、小野沢さんですね」

「ええ、そうですが。その声は、もしや……」

「杉山です。ご無沙汰しております。その後お変わりありませんか?」

「はい。お電話、首を長くしてお待ちしておりました。今までどちらに……」

「仕事が立て込んでおりまして、なかなか連絡する機会がなくてすみません。ちょっと、あのいつもの喫茶店で近々またお会いできますか？」

「ええ、かまいません」

「ありがとうございます。それでは後ほど」

杉山刑事からの電話を受け、弘美は不思議と心が安らいだ。電話の向こうの、杉山という男が持つ独特な声から伝わる人間性に、弘美は、自分でも気付かぬうちに、どこか心惹かれるものを感じ始めていた。

それは特別な恋愛感情というのではなく、ひとりの人間として、厚い信頼を寄せるに値する感情というのが正しいだろう。いずれにせよ、その後夫に関することで何か進展があったかどうかは、杉山刑事に会うまでわからない。

すると脇から、四歳になる長男の直矢が妹の香央莉を連れて母親のもとへ近付いてきた。

「ママ、誰から電話だったの？」

「ママのお友達からよ。ママと会ってお話がしたいんだって」

「いつ？」

「そうね。明日かな、それとも明後日になるかしら。その時はまた近くのおばさんとこに行って遊んでいてね」

「え、また？　この頃ママお出かけばっかり。僕さみしい。たまにはどこか一緒に遊びに行こうよ」

「ごめんごめん。直ちゃんに寂しい思いをさせていたなんて、ちっとも気が付かなかったわ。じゃ今度の日曜日遊園地に行こう。それからファミリーレストランでカレーでも食べて帰ろうね」

「ホント？　わーい。じゃあママ、指切りゲンマンしよう」

「ええ。指切りゲンマン」

「じゃあ、おばちゃんちに行く」

「ありがとう」

二人のやり取りを傍らでにこにこしながら大人しく聞いている妹の香央莉。その姿を見て、直矢同様に、自分がいかに寂しい思いをさせてきたのかという罪の意識を強く感じた。そして弘美は、二人の幼子の頰を優しく撫でた。その手には我が子への愛しさが滲んでいた。

次の日の昼過ぎ。杉山刑事から弘美の携帯に電話が入ると、その後すぐに約束の場所へと向かった。

いつもは近所の友人宅へ子供たちを預けて外出しているが、この日はありのままの自分の姿を子供たちに見せようと、初めて親子三人の外出を試みた。そのせいか、弘美は無意識に緊張感を張り巡らせていた。

しかし、一度こうした機会を持つことで、子供たちに妙なわだかまりを持たせずに済むと思えば気安いことである。そう考えると、弘美の中で不思議なくらいに正当性に満ちた安堵感が芽生えた。

待ち合わせ場所は決まって、例の雑居ビル内の三階、人目に付かないこぢんまりとした喫茶店である。先に入店して弘美を待っていた杉山刑事は、二人の幼子の手を引いてやって来た弘美の姿を見て、思いのほか柔和な表情で迎えた。

「やあ、いらっしゃい。今日は可愛い天使さんたちとご一緒ですね。安心しました。あなたいつも子供さんをどこかへ預けて来ていたようですから、気になっていたんです。やあ可愛いですな。おいくつですか?」

「三歳と四歳です。年子なものでいろいろと手がかかって大変です。下の子は来年保育園なんですよ」

「それじゃあ、お誕生日は早生まれということですか」

「そうですね。来年の一月に四歳の誕生日を迎えますから」

「そうか。パパは娘さんの入園の姿を見ずして逝かれたんですね。あ、いや、すみません。変なことを言って」

「いいんです。いずれこの子たちだって理解できる日が来るでしょうから。むしろこういうことは早いうちに知っておいたほうがいいんです」

「奥さん。でも、もしかしたら、あなたの推察通りの方向に傾く可能性が高くなるかもしれませんよ」

「と、いうことは？」

「あの事故があった後に捜索願が出されたことは、あなたもご存知ですよね」

「ええ。それで、そのことと主人のことと何か関係があったんですか？」

「調べてみましたら、その捜索願が出されていたのは三十代半ばの若い男性で、あなたのご主人とは、どうやら大学時代にサッカーを通じて知り合った仲のようです。卒業後しばらくは疎遠だったようですが、ある知人を介して偶然再会していました。その知人の話によると、随分意気投合していたそうで……。ですから、ご主人に頼まれて身代わりを引き受けていたとしても、考えられない話ではありません」

「ええ、そうかもしれませんね」

「たまたま同じ大学で同じサークルかなんかに入っていた二人は、社会に出てから再び出会う機会があり、それでご主人は事故が起きる何日か前に、学生時代の友人であるその方に、自分の影武者を依頼していた、ということかもしれません」

「今初めて聞くお話で驚いているところです。それにしても、主人はなぜそこまでして、何年も前に山で犠牲になった友人のために義理を通さなくちゃいけなかったんでしょう。友人が亡くなったのは事故。それを、まるで自分の責任であるかのように……」

「それだけご主人は責任感の強い方なんでしょう。しかし、私が人から聞いた話はここまでで、当の本人は未だ行方不明のまま。とあれば、今言ったことを証明できるものは何もありません。

仮にご主人がどこかで生きていたとしても、こういう状況下でのこのこ姿を現すことは、まずあり得ないでしょう。自分が出向くはずだった現場でガス爆発が起き、身代わりをお願いしたせいでご友人を巻き込んでしまったんですからね。おまけに自分の葬儀も出されてしまった。自分はもうこの世に存在しない人間だとわかった時点で、どこか誰も知らない場所に身を潜めるしかなくなります」

杉山の話に耳を傾けていくうち、次第に弘美の頭の中は混乱を来し始めていた。今まで冷静に受け止めていた現実が、急に偽りの中に引きずり込まれていくようで、不安に駆り立てられていくのが感じられた。

「奥さん。あくまでもこれは私の推測でしかありませんから、あまり深刻に考えないでください」

「あのう……その、捜索願を出された方はどんな方ですか」

「それは女性の方で、事故に遭われたと思われる方のご家族です」

「奥様でいらっしゃいますか？」

「さあ、それはよくわかりませんが、おそらく」

「もしそうだとしたら、その方にもお子さんがいらっしゃるんでしょうね」

「そうですね。もしいるとすれば、この子たちと同じくらいの年齢かもしれませんね」

「じゃあもしそうだとしたら、その子たちももう、父親のいない生活を強いられてしまったんですね。なんてお詫びしたらいいのか……」

「その方にお会いしてみますか？」

弘美は杉山にそう聞かれ、一瞬迷った。自分の夫のせいで、他の家族を不幸に陥れてしまったかもしれない。そう思うと罪悪感が重くのしかかり、即答できずにいた。

それでも、知らぬふりだけはできないだろう。いつかは通らなければならない道である。

こうして杉山刑事に告げられた事実によって、夫がどこかで息を潜めて生きているだろうという線が色濃くなったわけであるが、そのことで妻である自分も、夫とともに世を欺く偽善者となってしまった思うと、身を引き裂かれるほどの恐ろしさを感じた。

どうすればよいのか答えを出せずに、弘美はその場に俯き、とうとう嗚咽し始めた。すると、その哀れな様子を見ていた刑事の杉山は、優しく包み込むように言った。

「奥さん。とにかくご主人がどこにいるのか捜しましょう。決して奥さんの悪いようには致しません。だってこれは、ご主人の知らないところで起きた出来事なんですから。そして思いもよらぬ事故が起きてしまった」

「それで、もし主人が見つかったら、あの人は一体どうなるんですか？」

「ご主人が自ら出頭してくることを望みます。そうなった場合、捜索願を出されているご家族には、私のほうからお話ししておきしょう」

「あの刑事さん。後で私を、その方のご家族に会わせてください。私、どんな非難も甘んじて受けたいと思います。そうすることで、このもやもやとした心のわだかまりを少しでも取り除くことができるなら、それに越したことはありませんから」

苦しい中での思い切った賢明な決断に、杉山は深く頷いた。

目の前では、二人の幼子が無邪気に母親の体にまとわりつきながら遊んでいる。杉山は目を細めながらその幼い二人の様子を見て、なおも続けた。

「実は私にもひとり、この子たちと同じくらいの孫がいましてね。目に入れても痛くないくらい可愛いもんです。娘は去年離婚をして、子供を保育園に預けて仕事をしています。わがままな娘で、あなたとは正反対な性格です。だからあなたを見ていると、娘ももう少しあなたのような落ち着きを持ってくれたらと思いますよ」

「あら、刑事さんにも私と同じくらいの娘さんがいたなんて初耳ですわ。私なんか、年齢の割にかなり子供っぽいところがあるし、しっかりとした部分なんてこれっぽっちもないんです。だからこれからどうすればいいのかわからず今も不安でたまりません。むしろ、このまま夫は私の前に現れないでほしいとさえ願っているんです。もう夫は死んだことになっているんですから」

「……」

二人が深刻な会話を続けている中、母親のそばで、何も知らずにテーブルの上のオレンジジュースをストローですすりながら飲んでいる幼い子供たちの笑い声だけが、狭い店内に響き渡っていた。

ふと窓の外に目をやると、いつの間にか粉雪が舞い、一面を白い絨毯のように薄く敷き詰めていた。

あの忌まわしいガス爆発から早半年。

未だ夫の消息は不明のままである。

たとえ、どこかで生きているであろう夫の帰りを待ち続けたとしても、今更妻の目の前に姿を現すという保証はどこにもない。そのようなことをいつまでも思い続けているのは、愚かな人間のすることかもしれない。弘美は自分が今していることが果たして正しいのか、その迷いを振り払うことはできなかった。

第三章　運命の歯車

年が明けて、弘美は幼い二人の子供を近くのお寺が経営する保育園に預け、ホテルの清掃作業のパートに出て働き始めた。日々細々とではあるが、そのパート収入だけが、弘美と幼い子供たちの生活の支えとなっていた。とはいえ、弘美が働き出したのはなにも生活のためばかりではない。少しでも外に自分の身を置くことで、余計なことを考えずに済むのならと考えた上での決断だった。土日出勤時は、やはりいつも通り近所の友人宅に子供たちを預けて働きに出た。

保育園では、上の子は男の子らしくやんちゃで元気よくお友達をたくさん作って遊んでいるようだが、下の娘は元来大人しい性格で、いつも隅っこのほうでひとり寂しくしていた。兄と違って、今ひとつ園に馴染めない幼い娘。弘美はそのことが気がかりで、出勤途中に立ち寄る保育園に我が子を預けるたび、後ろ髪を引かれる思いに苛まれていた。

「やはり、仕事をせず子供のために家にいてやるほうがいいのか」

そんな悩みが常に頭をもたげていた。

そんなある日、四歳の娘の香央莉が半べそをかきながら、母親の肩にもたれかかってきた。

「ママ。もう行きたくない。おうちにいる。ママといたい」

娘のその言葉に、弘美はつい胸が張り裂けそうになった。

「なに？　香央莉。保育園でなんかあったの？　お友達と喧嘩でもしたの？」

弘美はそう言いながら、涙を浮かべて話す娘の頬を優しく撫でてやった。

するとと娘は、母親の優しい問いかけに素直に答えてくるのだった。

「ううん。ただママと一緒にいたいの」

弘美はなおのこと、このあまりにも幼い娘のことが不憫になり、自分の胸にギュッと強く抱きしめたまましばらく何も語らずにいた。そして、心を鬼にして、優しく諭すように言って聞かせた。

「そう。そんなにママといたいの。ママもできればそうしたいけど、ママがお仕事しないと、ママもお兄ちゃんも香央莉も、おいしいご飯食べられないのよ。それでもいいの？　香央莉もお兄ちゃんみたいにたっくさんお友達を作って遊ぶとね、すぐに楽しいことがいっぱい出来るわよ。そうなると保育園も段々楽しく感じるようになるわ」

弘美がそう言い聞かせていくうち、次第に娘も理解できたようで、小さく頷いてみせた。

「うん、わかった。ママお仕事がんばっておいしいものたくさん作ってね」

幼い娘が精一杯母親を気遣う気持ちが伝わり、なお胸が痛んだ。

子供に寂しい思いをさせてまで、今すぐに外で仕事をしなければ明日の生活に困るという状況ではない。一時は子供のためを思い、弱い心に負けそうになりながらも、それでも今は少しでも広い世界に自分の身を置いて張り合いを保っていたかった。

朝は五時半に起床し、朝食を済ませ、近くの保育園まで子供たちを送り届けてから仕事場であるホテルに向かう。バスを利用して約十分の道のりを、弘美は日々通っている。最初のうちは慣れない生活に疲れを感じることもあったが、そんな生活も次第に身に付くようになり、いつの頃からか、これが自分たちに与えられたごく当たり前の幸福な生き方であると思うようになっていた。

それでも弘美の中でたったひとつだけ心に引っかかる問題があった。

それは、夫・準矢の身代わりになって亡くなったであろう遺族に対する謝罪を、どういう形で施せばよいのかということである。夫が自分の知らないところでやってしまったこととはいえ、妻である自分にも責任の所在がないわけではない。もしそのことが世間に知れたら、どんな非難を浴びるかわかったものではない。

あの遺体を前にした時、夫の死を信じることができれば、こんなに苦しく不安な思いはせずに済んだかもしれない。罪悪感を覚えることもなかっただろう。正真正銘の可哀想な未亡人でいられたのに……弘美の心には、そんな屈折した思いが芽生え始めていた。

ある日曜日。いつものように近所に住む友人に子供たちを預けパートに出かけた。

外は明け方から降りしきる土砂降りの雨で、アスファルトの上はマンホールから噴き出た水で溢れ、長靴でも履かない限り足はずぶ濡れになってしまうほどである。

それなのに弘美は、足が雨でびしょびしょになるのもかまわず、ハイヒールを履いて出勤した。普段はジーンズにスニーカーといったラフな格好で出勤しているのだが、周囲にはいつもオシャレな装いで来る若い子が多く、その姿に感化され、たまには自分も彼女たちのようにオシャレを楽しみたいと思ったからだ。

そしていつものようにバスに揺られて約十分。土砂降りのせいでバスの窓からははっきり外の景色が見えない。弘美は、そんなぼやけて見える外の景色をただなんとなくぼんやりと眺めていたい気分だった。

気が付くと、勤務先であるホテルの玄関先の停留所にバスが止まった。

この時、弘美の心はなぜか、華やかに着飾った外見とは裏腹に、降りしきる雨にぼやけて見える景色そのものだった。それはまるで、これから自分の身に何かが降りかかってくるであろうことを暗示しているかのように。

仕事が始まったのは、朝のミーティングが済んで五分後の九時。

その日の担当は六階。全部で十八ルームだが、そのうち半数近くが、まだ帰らぬ客で部屋が空いていない状態である。

それから約一時間が経ち、残っていた客もチェックアウトをするため、一階のロビーへと急ぐ姿が見え始めた。それらのほとんどが家族と思しき人たちである。

そこで弘美はふいに、突き当たりにある六〇五号室の洋室から、どこか見覚えのあるひとりの若い男性が、連れの男と一緒に出てくる姿を発見した。

その時は遠目からちらりと見かけただけである。しかも、フロアの明かりは電力不足のために節電を余儀なくされているせいか、周りは薄暗かった。そのためはっきりと相手の顔を確認できなかったが、二人連れの男性が徐々に近付いてくるにつれ、弘美の心臓は激しく鼓動し始めた。ひとりの男の顔に、間違いなく見覚えがある。

そう。よく見ると、それはまさしく、爆発事故で亡くなったとされている、夫の準矢だった。

……いや、単なる他人の空似かもしれない。

彼らとの距離はまだかなりある。そこで弘美は、二人に気付かれないように、彼らが中央部分にあるエレベーターまで歩いてくるのを見計らって、自分も同時に動き出した。

ドアが開いていた人気のない客室に身を隠し、彼らの様子を窺うことにしたのだ。

弘美の心臓がどんどん音を立てて響き始める。それは一体何を示すものなのか。自分でもわからないほど緊張の度合いが高まっていた。

二人の男が、フロア中央部にあるエレベーターの前に立ち止まり、ひとりが階下へ降りるボタンを押す。もうひとりは直立不動のままの状態でエレベーターをじっと見据えたままである。

一度たりとも顔を動かすことなく、エレベーターの扉が開くと、二人はさっさとその場から姿を消した。一瞬の出来事に、弘美はわけもなく肩を落としていた。

すると、同僚のリーダーが、仕事もせずに呆然としている弘美の様子に気付き、背後から大声で呼んできた。

「小野沢さん。あんた何やってんの。早くしないと午後のセットに間に合わなくなるわよ。それでなくとも、十一時チェックインのお客様が三組もいるんだから」

「す、すいません。すぐやります」

先輩格の相方にいきなり叱声を浴びせられ、今まで張り詰めていたものも一気に吹き飛んでしまった。

時間に追われ忙しく動き回りながらも、どうしてもあの六〇五号室から出てきたひと組の二人連れのことが気になって仕方がなかった。何とかして彼らの素性を知りたい。

しかし、どうやって調べればよいというのか。まさか、一介の清掃員が、今日チェックアウトした客の個人情報なるものを尋ねるわけにもいかない。

弘美が客室の掃除を終え、部屋から出た湯飲み茶碗などを洗いながら途方に暮れていると、いつも人懐こく声をかけてくれるフロント係のセイラという、アメリカ出身の女性が弘美の姿を見て笑顔で近付いてきた。

「オー、弘美ちゃん。今日も忙しそうね。片付け物たくさんあったの？」

「あら、セイラ。お疲れ様。そうね、いつもと同じくらいかな。でも、今日のお客様は皆お部屋を綺麗に使ってくれて、おかげで仕事がしやすかったわ」

「そう。それはラッキーだったわね」

彼女はひと言そう言って、そのまま客室の見回りをしにフロアへ出ていった。とその時、弘美の頭にある考えが浮かんだ。

そうだ。セイラだったら……。自分にとってごく親しいホテルマンに調べてもらう他はない。

そう思ったらいてもたってもいられず、忙しい仕事の手を休めて、弘美は今しがた客室のほうへ向かっていったセイラを追った。

「セイラ。セイラ……！」

何度も呼んでみたが、もうすでに彼女の姿はない。

だが、フロント係の名を大声で呼ぶ弘美の声は、運悪く先輩格の相方の耳に入った。いきなり呼び止められ、今朝と同じ失態を再び繰り返すことになってしまった。

「小野沢さん。あなた今日は一体どうしちゃったの。いつもならこんなに油を売る人じゃないのに。用があるんなら後回しにして、洗い物を片づけちゃいなさい」

「あ、はい。わかりました」

何と間の悪いことか。いそいそと仕事に戻りながら、それでも弘美は決して諦めようとは思わなかった。必ずセイラをつかまえて真相を突き止めよう――。

渡りに船か、幸運なことに、そのチャンスはすぐに到来した。相方の先輩に叱られ、渋々とまた流しで湯飲み茶碗を洗っていると、そこへ客室での用を済ませたセイラが顔を覗かせ、いつものように気さくに話しかけてきた。

「弘美ちゃん、さっき私のこと呼んだ？　それとも私の空耳だったかしら」

幸運の女神が自分のほうから飛び込んできたと言わんばかりに、弘美はセイラを迎えた。

「呼んだの聞こえてたの？　じゃどうしてあの時すぐ出てきてくれなかったのよ。おかげで私、洞貝さんにすごく怒られたんだから」

「名前が洞貝ってくらいだから、その通りの人なんじゃない」

「冗談は顔だけにして、ちょっといい？」

「ええ」

「あんまりゆっくりお話できないんだけど、あなたにちょっと今日のチェックアウトしたお客のことを調べてほしいのよ」

「ええ？　それってまさか、個人情報を教えろってこと？　ダメよ。私怒られちゃうわ。それだけはダメよ」

「そこをなんとか、お願い。もしかしたら、私の人生がかかっているかもしれないのよ」

「なーに？　その人生がかかっているっていうのは。あなたもたまには面白いことを言うのね」

「実は、私の知っている人かもしれないの。六〇五号室の洋間に泊まってた二人連れの男の人たちなんだけど。その人たちの名簿をちょっと調べてくれない？」

「そんなに重要なことなの？」

「ええ、まあ」

「そう。わかった。じゃ、ちょっと調べてくるわね。少し時間がかかると思うけど、待っててちょうだい」

そう言ってセイラは、少々不安気な表情で従業員用のエレベーターに乗り、姿を消した。

「セイラ。本当にごめんね」

弘美は心から彼女に詫びた。

とにかくこれであの若い男のことが何かわかるかもしれない。そう信じて、セイラからの情報を待つことにした。

その後昼食を済ませ、客室を整える準備に入った。そして午後三時過ぎ。セイラは弘美の仕事が終わる頃を見計り、そっと声をかけてきた。弘美をトイレの前に移動させ、何かを記したと思われる小さなメモを手渡し、さっさとその場から立ち去っていった。

いつも明るくひょうきんな彼女とはいえ、やはりしてはいけない掟破りな行動に怯えているのであろう。そう思うと、弘美は彼女に多大な迷惑をかけてしまったことへの責任を痛感していた。

セイラにはもう二度とこんな罪作りなことは要求しまい、と思うと同時に、彼女はもう自分に近付いてこないかもしれない、という懸念のようなものがよぎった。

そして、恐る恐るセイラから受け取ったメモを広げる。そこには、男の住所と電話番号が書いてあり、その下にはまったく見覚えのない名前が記されてあった。

「田渕進」、そしてもうひとりは「喜利田有一」。

それが今朝六〇五号室から出てきた、あの二人連れの名前である。これは本名なのか。

薄明かりで、遠目からはあまりよくわからなかったが、確かにその中のひとりは、準矢の生き写しであるかのようによく似た男だった。弘美の中ではすでに、あれは夫であるという確信を持っていたはずなのだが、セイラから受け取ったメモに書かれた名前を見て、すっかり肩透かしを食らってしまった。

では、あれは私の見間違いだったのか。

しかしよく考えてみると、偽名を使った可能性もある。宿泊するのに、そこまで厳重な身分証明は必要ない。残りの手がかりは名前の上に記されている住所と電話番号だが、これも本物かどうかは疑わしい。

だが弘美は、たとえそれが偽りの記載であったとしても、わずかな可能性に賭けてみようと思った。

その夜、弘美は子供たちを寝かせつけた後、密かにセイラから受け取ったメモに記された番号に電話をかけてみた。

「はい、もしもし。どちら様?」

男の声である。

弘美は相手を試すために、わざとらしく夫の名を呼んでみた。

「準矢」

すると、相手は突然自分から電話を切った。

だが弘美は気付いていた。あの声は、まさしく夫・準矢のものだった。

何の前触れもなく、見知らぬ女性から名を呼ばれた男。慌てた素振りで何も答えず、冷静に相手の声を思い起こすうち、間違いなく妻の弘美であると判断したに違いない。だからとっさに電話を切ってしまったのだろう。その男の行動に、弘美は理解しがたいとも理解せざるを得ない相手の立場を思った。

偶然にも、夫と思しき男が他の男と一緒にホテルの一室から出てくる場面に遭遇した。これは何かの運命のいたずらなのか。この日のホテルでの出来事を境に、弘美は人知れず、夫と思われるひとりの人間の行方を追うことにした。

メモに記されていた番号の電話に出たのは、紛れもなく夫の声だった。そうであるならば、書かれている住所もまんざら嘘ではないかもしれない。

弘美は勇気を出し、何とかして相手の居場所を突き止めようと思い立った。

それから一週間後の日曜日。

ホテルは猫の手も借りたいほど忙しい日なのだが、急遽弘美は休みを取り、二人の子供を連れてメモに書かれてある住所を訪ねることにした。先日の電話の相手を捜すためだ。

あいにくこの日は、深夜から降り続く雨で道路には水が溢れていた。せっかく新調した靴が、半ばびしょぬれ状態である。が、そんなことはどうでもよかった。これから向かう先で本当に夫を探し当てることができるかどうかという瀬戸際。それゆえに、不安と期待で頭がいっぱいだった。

住所は、千葉の九十九里浜に近い静かな住宅街を示しているようだ。なんとそこは、今弘美たちが住んでいる場所から極めて近い位置。まさか電話の主が、自分の住む家の目と鼻の先にいようとは。

当の捜し人が、――夫が、この閑静なエリアのどこかに住んでいるかもしれない。そう思うと、次第に胸の鼓動が激しさを増し、その場に倒れてしまいそうになるほど、極度の緊張が弘美の全身を貫いていく。

それから弘美は、近隣の民家を訪ね、住所に書かれてある場所について聞いてみた。

「この住所はここいらにはないわね。何かの間違いじゃないかしら。この先をまっすぐ行くと信号の角に交番があるから、なんならそこで聞いてみるといいよ」

訪ねた先の老夫婦にそう言われ、弘美の期待は裏切られる形になった。しかし、半ばこうなることを想定してはいたので、思いのほか落胆は小さかった。

「そうですか、すみませんでした。それじゃこれで、失礼します」

その後、弘美は念のため他の家も訪ねてみたが、やはりどの家の住人もその住所は知らないと口をそろえて言う。ではおそらく、この住所は偽物なのだろう。ここで手がかりは途絶えてしまった。

しかしなぜ、携帯の番号だけは本当のものを記したのか。それも世間に対するカモフラージュなのか。

弘美はその場を離れると、そのままますぐ家には帰らず、子供たちと一緒にもう一度ガス爆発のあった現場に行ってみたくなった。自然に足はその場所へと向かう。

現場はその時のまま、未だ復旧がなされていない状況だった。いかにすさまじい事故だったのか。そう思うと、夫の身代わりになって死んだ人、またその家族に対し、弘美はこれからどう償っていけばよいのかわからなかった。とはいえ、その人の家族は、この現場で本人が事故死したことをまだ知らない。

もしここで自分が何の行動も起こさなければ、この件は闇の中に葬られてしまうだけ。それにもしここで夫に再会できたとしても、何の解決にもならないだろう。むしろ新たな問題が生まれるだけだ。戸籍上ではもうこの世に存在しない人なのだから、見つからずにいてくれたほうが好都合かもしれない。

しかし、妻である自分はこうして夫の行方を捜し歩いている。なぜか。弘美はその場にしばらく立ち尽くしながら、今更ながら夫捜しを続けるべきか迷い始めていた。

するとそこでまた、あの杉山刑事に出くわすことになった。まるで彼が、弘美をどこからか尾行してきたかのようなタイミングである。

先に声をかけてきたのは杉山だった。

「やあ。またお会いしましたね。なんだかあなたとは切っても切れない縁というものを感じてしまいますよ。その後お変わりありませんか？」

「本当お久しぶりですわね。その節は私のためにお手数をおかけしてしまって申し訳ありませんでした」

「まだ事故現場が気になる様子ですね。あれからご主人のことで何かわかりましたか？」

「ええ。そのことでちょっとお話ししたいことがあるんですが、お時間ありますか？」

「もちろん、私のほうは大丈夫ですよ。じゃあいつものところに行きますか」

「私が少し先に行って待ってますから、刑事さん後からいらしてくださいますか？　人目がありますから」

「私はそんなもんちっとも気にしてやいませんけど、女性のあなたの今の立場だとそうも言っていられないのでしょうね。いいでしょう。じゃあ、私は少し遅れて行きますから、お先にどうぞ」

「それじゃあ……」

杉山刑事とは何も初めての対面ではないのだが、少々用心深くなっていた。それというのも、義姉のような人間が、いつどこで目を光らせているかわからないからだ。

弘美たちが席に着いてほどなく、刑事の杉山も入店してきた。

人目を気にすることなく気楽に話せるこのこぢんまりとした空間が、二人には共通の密会場所である。

弘美は初めて杉山刑事に導かれてやって来た時、この人知れぬ喫茶店を一度で好きになった。ここには自分たちを知る者は誰一人としてやって来ないという、安心感からくるものだろう。店内には低い音量で、かすかに『男と女』の曲が流れていた。あの日杉山刑事とここを初めて訪れた時にも流れていた曲である。

この曲は、弘美に妙な懐かしさを与える。というのも、弘美が十歳の時、母親に連れられて入った洋品店の中から流れてきたのが、今まさに店内に流れているこの曲だからだ。

「すみません。私のために気を遣わせてしまって」

「そんなこと気にしていませんよ。むしろこれが常識ある人のあり方なのかもしれませんね。ご主人を亡くされて間もない未亡人が、人目を避けるようにしてこそこそと他の男と歩いているところを知っている人間にでも見られたら、それこそ大事ですからな。それはさておき、あなたのお話とやらを聞かせていただけますかな」

「実は私、つい最近パートに出て働き出したんです。ホテルのお掃除なんですけど。それで、あの、この話を証明するものが何もないので恐縮なんですが。実は私この前、そのホテルで夫の準矢によく似た男の人が、若い男性と二人で部屋から出てくるのを見てしまったんです」

「え、なんですって？　それは本当ですか」

「はい。でも廊下は薄暗かったし、しかも距離が結構ありましたからはっきりとは確認できなかったんですが、とにかく夫によく似た顔の人でした。それで、いてもたってもいられなくなって、親しくしているフロント係の女性の方に確認してもらったんです」

「確認を、ということは、つまり宿泊名簿からですか？」

「ええ。これは個人情報の流出にもなるのでしてはいけないとは重々わかっているんですが、相手のことを知る方法は、唯一それしかなかったものですから」

「それで、その宿泊名簿から、何か確認できるものは手に入れられましたか？」

「はい。これなんですが」

そう言って、弘美はバッグから二つ折りのメモを取り出し、杉山に渡した。

「名前と携帯電話の番号、それと住所ですね」

「はい。一応念のために、その携帯電話の番号に電話を入れてみました。そしたら電話に出た相手の声が、夫そのものだったんです。驚きました。何年も一緒に住んでいて夫の声を聞き間違えるはずがありませんから」

「それじゃあなたは、電話で相手の方と何かお話をされましたか？」

「いいえ。私が夫の名前を呼んだら、相手は驚いた様子でいきなり電話を切ってしまったんです。その時点で間違いなく夫の準矢だと、私はそう確信しました。それで、夫を捜すためにこの住所にも足を運んだのですが、残念なことに、書かれていたのはまったくのデタラメでした。それからまっすぐ家に帰る気になれず、こうしてブラブラ歩いていたら、気が付いたらまたあの現場にいました」

「そうだったんですか。そんなことがあったなんて……あなたも勇気がいったでしょう。それで、他に何かありませんでしたか?」

「いいえ。はっきりしたのは住所がデタラメだということと、携帯の番号だけは本物だったということですね」

「相手の人は、あなたに名前を呼ばれた時点で、電話をかけてきた声の主があなただとわかったからには、もしかしたらその後に番号を変えている可能性も無きにしも非ずです。とすれば、今後相手と連絡が取れなくなるという心配がありますね」

杉山にそう言われ、弘美は次第に不安に駆られ始めた。

「でもおかしいですね。偽名を使い、おまけに住所までデタラメを書くなんて。別にあなたがそのホテルで働いていることを知っていたわけでもないのに、なぜそんな手の込んだことをしなければならなかったんでしょうね」

「もしかしたら、夫はどこかで私の行動を監視しているんじゃないかという気がしてならないんです。しかもこうやって私が夫の行方を捜し歩くことを見越して、わざとそういう手の込んだやり方をしているんじゃないかって……。なんだか薄気味悪くなってしまいます。この話はまんざらあり得なくもないような気がして。杉山さんはどう思いますか?」

「ふた通りの考えがあって、今あなたが言ったことと、他には、今回の件はまったくの偶然というケースがあると思います。たまたまご主人がホテルへ泊まりにきていて、念には念をと偽名を使い、そして住所を偽装した。そのホテルに、はからずもあなたが働いていた」

そこで杉山は、手を顎の下に据えながら考え込むと、「でも」と言って推理を始める。

「もしもあなたが今言ったことが事実であれば、本当にご主人は生きていながら自分を世間にさらすことができず、それでもあなたの行動を遠くから見守るために、あなたの様子を窺っていたのかもしれません。次第にあなたに会いたいという欲が出てしまい、そこでホテルへ泊まりにいって、そしてわざとあなたの目に付くように部屋から出てきたとも考えられます。もしこれが、あなたに自分の存在を知ってもらうための自作自演であるとするならば、もう一度あなたの働くホテルへ泊まりにやって来る可能性があります。そもそも完全に消息を絶ちたいのなら、本当の電話番号を残すはずがない。ご主人はあなたに見つけてほしいんじゃありませんか？　奥さん。もしよかったら、ご主人を一緒に捜しませんか」

杉山にそう促され、心は揺らいだ。

本当に夫が生きていて、どこかで自分の行動を見守っているならば、是が非でも夫を見つけたいという思いが、以前よりも強く弘美の中で膨らみ始めていた。

「私、あなたのその意見に従ってみようかと思います。あの人がもしもあなたの言う通り、どこかに身を潜めて私の行動を見守っていてくれるとしたら、再び私のいるホテルにやって来てもおかしくない。それを信じてもう一度チャンスを待ちたいと思います」

「できますか？」

「やってみます。ただ、フロントの女性には今回のことで迷惑をかけましたから、二度もお願いできるかどうかわかりませんが」

「いや、それはやめたほうがいいでしょう。その人からすれば、自分のところへ泊まりにきた客のプライバシーを侵害したことにもなりかねませんからね。怖くてもうできないと思いますよ。下手をすれば首が飛ぶかもしれませんから」

「じゃあどうすれば」

「私に連絡をください。そしたら私が何とかしましょう」

「あなたにお任せしていいんですか？」

「あなたから連絡を受けた時点で、私のほうから直接フロントに出向いて聞けばいいだけのことなんですから、そう難しく考えないように」

「わかりました。そうすれば彼女に迷惑がかからずに済みます。でも、本当に現れてくれるかどうか……」

「私が考えるに、住所や名前は嘘でも、携帯電話だけは間違いなく本人のものだったんですから、裏を返せばあなたに早く自分を見つけてほしいという意思表示だと考えられます。必ずまた来ますよ」

「ええ。そうだといいんですけど」

するとと杉山は、自分の孫と同じくらいだという二人の幼い子供たちに優しく声をかけながら、甘い飲み物とスウィーツを注文してやった。弘美は彼のそんな思いやりに感謝せずにはいられなかった。

弘美が子供たちの手を取り外に出た時、もうすでに黄昏時を迎えていた。この時もやはり杉山刑事とは互い違いに店を出た。人目を避けるためである。

帰り道を歩いていると、手をつないでいた直矢が、何やら眠そうな眼差しで弘美を見つめた。

「ママ、さっきのおじさん、とっても優しい人だね。また会えるかな。ママ、お腹すいた。早くおうちに帰ろう」

「そうね。早く帰ろう」

母と幼い息子がたわいのない会話を交わす中、下の子の香央莉はよほど眠いと見えて、足取りもおぼつかない様子だった。それに気付いた弘美はやむを得ず、途中でタクシーを拾って帰ることにした。

車中で弘美は考えを巡らせていた。

本来ならば、これは正式な刑事事件ではないのだから、警察に取り合ってもらえる問題ではない。そこをあえて彼は、特別に内密で夫捜しに尽力してくれている。

弘美は、いつの間にか杉山という人間を、ひとりの刑事というだけでなく、地獄から自分を救い上げてくれる救世主のように崇めていた。

最後まで彼を信じてみようと。

あの日ホテルで夫と思しき人物を見かけて以来、その人物は姿を現すことはなかった。あるいは、別のフロアのどこかに宿泊しているのかもしれない。あの時は偶然にも同じ階にいたものの、かといって再び同じ機会に恵まれるとは限らない。

そんな時、弘美は思い切った決断を自らに迫った。ただ相手が姿を現すのを手をこまねいてじっと待っているよりも、むしろこちらから勇気を出して、再度相手の携帯に電話をかけてみるべきではないのか。そのほうがずっと早く道が開けるかもしれない。

そこで弘美は、行動を起こす前に、杉山に相談をしてみることにした。

「もしもし、小野沢ですけど」

「ああ、どうも。ご主人ホテルにやって来ましたか？」

「いえ……そのことなのですが、あれからずっと夫の姿を見ることができず、これでは何ひとつ進展しないので、こちらからあちらの携帯にもう一度電話を入れてみようと思うんです。だからその前にあなたの意見をお聞きしてみようと思いまして……」

「そうですか。でも私の推察だと、もしかしたらご主人は、頻繁にあなたの職場へ出入りしてかえってあなたを混乱させることをよしとせず、忘れた頃に行動を起こそうと考えているのではないかな。これはあくまでもご主人があなたの行動を監視していると想定しての、私の見解ですがね。それか、わざと他のフロアを行ったり来たりしている可能性だってあるわけですし」

「でも一応念のために試してみたいんです」

「そうですか。わかりました。それじゃあ、もしも何かあったらすぐ私に連絡をください」

「はい」

杉山とのごく短い会話の最中、弘美の中で少しずつ何かが弾けていくのが感じられた。それは、ひとりの未亡人と刑事の間のさり気ないやり取りの中で生まれたもの。

瞬間的に弘美の頭の中は混乱を来した。

「いけない、私としたことが。一体何が私をこんなに惑わせるのかしら。もっとしっかりしなくては」

自分にそう言い聞かせながら、緊張で震える指でメモの番号を押す。

が、単純なミスを繰り返してしまう弘美。間違いなく相手の番号を押しているつもりなのに、緊張のせいかうまくいかない。

きっとそれは、弘美の心のどこかに、夫とされる男に電話をかけることへのためらいが生じているからなのであろう。それとも、つい今しがた杉山との会話の中で生じた、ある種の感傷的なもののせいなのか。

わけもなくそういった混沌とした二つの迷いの中で悶え混迷しながら、その夜弘美は結局何も手に付かず、自分の携帯を手にしたまま、眠れぬ夜を過ごした。

翌朝目が覚め、カーテン越しに差し込んでくる日の光を浴びながら、弘美は夕べのことを深く思い起こす。気が付けば手には一晩中携帯を握りしめたままだった。夫の準矢であろうと思われる男に電話をしようとして、震える手で何度も番号を押すも、心の中である種のためらいが生じたせいか、結局相手にうまく交信できなかった。

弘美はそのことをひどく後悔していた。なぜなら、ここで機会を逃したら、二度と夫であろう男と接触できなくなってしまいそうで、不安に駆られたからに他ならない。

けれども、今の弘美には、気を取り直してもう一度相手の携帯に電話をする勇気がなかった。たとえば仮に相手の携帯につながったとしても、一体何を話せばよいというのか。もしかすると、また相手は、電話をかけてきた人間が自分の妻だとわかって、とっさに電話を切ってしまうかもしれない。そうなると、また同じことの繰り返しである。そうは思っていても、内心では、一日も早く夫の生存をこの目で確かめたいという思いが、どんどん募っていくのだった。

夫の準矢が、あの忌まわしいガス爆発に巻き込まれて亡くなったとされてから、そろそろ一周忌を迎えようとしていた。そんな折、あの厚かましい義姉の美知子が、何の前触れもなくのこのこと弘美のもとにやって来た。

「あら、お義姉さん。いらっしゃい。今日もおひとりですか」

「おひとりで悪かったわね。母も連れてくればよかったかしら」

「べ、別にそういう意味で言ったんじゃありません。変な誤解しないでください」

「準矢が亡くなってそろそろ一年になるわね。時が経つのって随分早いわね。そう思うのはやっぱり年のせいかしら。……まだあの男と会ってるの？」

「あの男って、誰のことですか」

「誰って、あんたも随分しらばっくれるのがうまいわね。準矢の百か日を拝んで皆で食事をしに行く途中、あなたお墓の駐車場の前で若い男と親しくしていたじゃない。忘れたの」

義姉の美知子にそう言われ、弘美はやっと過去の記憶を呼び覚ます。

「ああ、あのことですか。やはりまだ疑ってらしたんですね。随分私も見くびられたものですわ。あの方は準矢さんの友人で、準矢さんの死をいの一番に私にお知らせしてくれた人です。主人とは親しい仲でしたから、その日も百か日ということで、準矢さんに手を合わせにきてくれたただけのことですよ。前にも言ったじゃありませんか。たまたまそこで出くわし、はいさよならでは相手に失礼でしょ。だから、その場でちょっとした世間話をしていただけです。人に変な誤解をされるいわれはありません」

「あら、そうだったの。だとしたら謝るわ。でもこれだけは言っとくけど、たとえ弟が死んであなた独りになったとはいえ、小野沢家の一員として人の道に外れた行動だけは慎んでもらいますからね。悪いけど弟を拝ませてもらうわ。入るわね」

「どうぞ」

弘美には、義姉が一体何を企んでいるのか、言葉に出さずとも見え透いてわかっていた。

台所に入り、弘美が義姉に差し出すお茶を入れている間、仏間のほうでは、義姉が何やら物色していた。だが弘美は台所にいて、義姉のその挙動不審な行動に何ひとつ気付かない。ただ義姉にご馳走する茶菓子を用意しようと仏間に向かい、何気なく部屋の障子を開けた。

すると、いきなり部屋を開けられ驚いた義姉は、手に持っていた書類などの入った封筒をその場に落としてしまったのである。

「お義姉さん、一体ここで何してるんです？　まさかあなた、今日ここへ泥棒をしにきたんですか」

窃盗と思われる現場を弘美に見られた義姉は、一瞬の出来事に戸惑いながらも、慌てた様子で弁解し始めた。

「ああ、いや、その、べ、別に何もしてないわよ。た、ただここにこんなものがあったから、じ、邪魔だったからどこかへ置こうかななんて、そう思ってね……」

義姉の魂胆は最初からわかっていたことだったが、さすがに今回彼女が取った行動には、呆れて言葉も出なかった。

とはいえこのまま黙って帰すわけにはいかない。今日こそはと、弘美はここぞとばかりに目一杯皮肉を投げつけてやった。

「お義姉さん。あなたの魂胆はわかっています。私に下りるかもしれない保険金が目当てで今日ここにいらしたんでしょ。でも残念ながらその予定はまったくありませんからご心配なく。お義姉さんももう立派な大人なんですから、いい年してあんまり恥ずかしい真似はしないでくださいね。準矢さんがそばであなたの行動を見ていますよ。用が済んだら、もうさっさとお帰りください」

義姉からすれば、まさか台所へお茶を入れにいったはずの人間が、茶菓子を取りに戻ってくるなどとは思いもよらなかったのだろう。大胆不敵な行動に出た美知子は返す言葉もないまま、転がるようにしてその場から逃げ去っていった。

弘美はあまりに非常識な義姉に対し、今までにないほど気丈に振る舞い、あるがままの気持ちをまくしたてて追い払ったような形になってしまった。何とも言えぬ後味の悪さにひとり仏間に佇み、深い溜め息をついた。

こんなことがあった後は、たとえどんなに面の皮の厚い人間でも、二度とこの家に姿を見せることはできないであろう。弘美はそう勝手に決め付けていた。

それにしても義姉は、ここにあるA四サイズの封筒に入っている書類を手にし、何をしようとしていたのか。その封筒の中には、夫の死亡によって受け取るべき、労災保険に関する書類ばかりが入っている。しかし、亡くなった者の妻である弘美以外なん人も関わることができないはず。それなのに、それとはまったく関わりのない義姉は何を思いあんな非常識な行動に出たのだろう。これがもしも自分とはまるで無関係な赤の他人のしたことであれば、問答無用で警察に訴えることができたものを、運が悪いことに相手は夫の実の姉。身内のしでかしたことにとやかく関われない今の現状に、弘美はしばらくの間腹の虫が治まらなかった。

誰かに今日のこの出来事の一部始終を話すことができたら、どんなにかスッキリすることであろう。だが、このような身内の恥が世間に知れたらと思うと、むしろ今は、夫の一周忌までは静かに生活するのが一番だと思った。

あの日ホテルで見た二人連れのひとり。夫・準矢にそっくりな男が、再び弘美の前に姿を現す日は、果たしていつ来るのか。

チェックイン時に記された電話番号。あれはきっと夫が、誰かに自分の存在を知らせるために残したに違いない。フロアでわざとらしく自分の姿を露わにしたことと抱き合わせても、そう合点がいく。

相手の携帯に電話を入れた時、出たのは紛れもなく夫・準矢の声だった。ともに夫婦として歩んできた連れ合いの声を聞き間違えるはずがない。まして、弘美が準矢と結婚をするずっと以前から、彼の声を聞かない日はないほどに、記憶の奥底にインプットされているのだから。

だが、依然として夫は現れず、その後の進展はない。

第四章　再会と嘘

準矢の一周忌がいよいよ間近に迫ったある初夏の昼下がり、強い日差しを浴びながら、弘美は再び男の携帯に電話を入れる行動を試みた。あれから幾度も迷いに迷った末の決断である。高鳴る心臓の音に呼応するかのように、リズミカルにボタンを押していった。果たして相手の男は出てくれるだろうか。

「もしもし、もしもし……」

やはりその声は準矢のものだった。

反射的に心臓が胸を突き破って飛び出してしまいそうなほど、弘美は激しい緊張感に襲われた。

「もしもし……もしかして、あなた……」

電話の向こうから流れ出るうら若き女性の声。

その声を聞いた瞬間、男はそれが紛れもなく今までずっと一緒に過ごしてきた、慣れ親しんだ人間のものであるとわかった。

「弘美、弘美か。ど、どうして、どうして俺の携帯の番号がわかったんだ」

夫の反応に、弘美は、彼がホテルに来ていたのは単なる偶然だったのかと、その時初めて理解できた。

「そうだったのね。やっぱりあの日、私の働くホテルに泊まりにきてたの、あなただったのね」

「ど、どうして俺がロックホテルに泊まりにいってたこと知ってるんだ。どうやって……」

「実は私、ロックホテルの清掃員をしてるのよ。そこで偶然、あなたにそっくりな人が他の若い男の人と一緒にある部屋から出てくるのを見かけたの。それで、いけないことと知りつつ、フロントの人に頼んで調べてもらって、こうしてあなたに電話したってわけ」

「すまない。まさかあの日、あんな事故が起こるなんて夢にも思わなかったから、自分でもどうしていいかわからなくって……。電話じゃゆっくり話もできないから……。そ、そうだな、どこかで二人きりで会わないか」

「そうね。死んだと思ってた人が目の前に現れて電話番号を知ることができたのも、幸運にもこうして声が聞けたのも何かの縁だし。じゃあ、私つい最近行きつけのお店があるから、あなたさえよかったらそこで会いましょう」

「ああ」

そこで弘美は、杉山刑事との密会でいつも使う喫茶店を指示した。

まさか、これから会う約束をした人物が、ガス爆発に遭い亡くなったはずの夫であるなどと、お釈迦様でも知るまい。もうこの世から抹消され、すでにどこにも存在しないはずの人間として、彼はこれからどうするつもりなのだろうか。

そして、夫の身代わりとなって亡くなった人の家族は。

あれこれ思いを巡らすうち、弘美は言葉では言い表せないほどの複雑な思いに苛まれていた。

これから久しぶりに夫婦として再会する身とすれば、すでに死んでしまったと諦めていた夫に会える嬉しさとは別に、その喜びを素直に受け入れられない自分がいた。

準矢と再会する約束をしたのは、午後三時。

普段からあまり人気のない店内は、いつにもましてこぢんまりとして、妙な落ち着きを醸し出していた。そこにはまだ夫の姿はない。約束の時刻はもう三十分も経過している。

果たして彼は本当に来るだろうか。もしかすると、あれはほんの冗談で、建前のようなものだったのかもしれない。

だが、あれこれ疑念を抱いても始まらない。弘美は、とにかく最後まで、自分の夫を信じて待つことにした。それから更に二十分ほど経った時、薄暗い店の片隅で、久々に見る夫・準矢の顔をとらえることができた。

あの忌まわしい事故から約一年。

生きた夫の声を聞き、再会を待って一時間弱。

弘美にとってそれは、この一年の長さに比べるとほんの数秒のようにも思えた。生きた夫に会えるとあらば、いつまで待とうとも容易いものだった。

どちらから先に声をかけたかは定かではない。お互いに記憶すらないほどに、二人の喜びはひとしおだった。

「久しぶりね。本当にあなたなの。幽霊じゃないわよね」

「やっと見つけたよ。随分待っただろ。途中道に迷ってしまって、人に場所を尋ねながら行ったり来たりしているうちにこんなに遅くなってしまった。まさか君から電話がかかってくるなんて思わなかったよ。あの事故以来、自分の電話を解約したんだ。今使ってるのは俺のじゃなく、人のものなんだ。なんせ俺はこの世に存在しない人間だからな」

「もしかして、ホテルで一緒だったあの人の携帯なの？」

「あの人って、ああ、彼のことか」

「ええ」

「ああ。あの人にはいろいろ助けてもらったからな。だから今こうしていられるのかもしれない」

「どういう関係の人？　お友達？」

「まあ。それはさておき、今まで君に隠しててすまなかった。君に銀行から下ろさせた六十万円のこと。あれは……」

　弘美は杉山刑事から聞いてすでに事情を知っていたために、あえてその件に関しては夫の口を遮った。

「いいの。そのことはもう知ってるから」

「え？　どうして君が……」

「それはもう済んだことだから聞かなくていい。ただ、私が知りたいのはどうしてあなたが昔のことにこだわって、自分で責任を負わなくてはいけないのかってこと」

「そのことも知ってたのか。どうやって」

「私個人的に、ある人を介して調べたの。あなた、自分のしたことがどういうことかわかってるの？　人がひとり死んでるのよ。あなたはその人のご家族に対してどう釈明するつもり？　あなた今まで、自分がもうこの世にいないことになっているのをいいことに、何ひとつ責任を取ろうとせず逃げてただけじゃない。残された私たちのことを考えたことある？」

そこまで一気に言うと、弘美はひとつ大きな溜め息をついた。

「ただでさえ、私はあなたの労災保険のことですごく悩んでいたのよ。あなたが生きていると知った時点で、そのお金を受け取るべきか否か迷っている。もしも後であなたが生きていることがばれて、私がその前にお金を受け取ってしまったら、私は詐欺罪で捕まってしまう。むしろそっちのほうが怖いわ。ねえ、事情はどうであれ警察に出頭してちょうだい。現にあなたはこうして生きてるのよ。死んでなんかいないの。早いうちに被害に遭った遺族の方たちに謝罪してちょうだい。じゃないと、あなたの身代わりになって亡くなった人が浮かばれないわ。これから私と警察に行きましょう」

弘美が話している間、準矢は時折軽く咳込んでいた。弘美はその様子に、風邪でも引いたのだろうと思っていた。

「一時は君に言われるまでもなく、何度出頭しようと思ったか知れない。だけどそのたびに決心が鈍って、とうとう今日までできてしまった。自分でもどうしていいのかわからないんだ。君の言う通り、今すぐ出頭してすべての償いができたらどんなに楽になれるか。だけど、今の俺には自信がないんだ」

「ひとつ聞いてもいい？」

「ああ」

「あなた、いつ自分が事故死したことになってるって知ったの？」

「その日たまたまテレビのニュースを見て知ったんだ。俺が行くべきだった現場であんな惨劇が起きるなんて信じられなかった」

「そう。それでやむを得ず私から身を隠す羽目になったのね」

「恥ずかしい話だが、正直言ってそういうことだ」

それから更に弘美は夫に問うた。

「ねえ。それからもうひとつ聞いていいかしら」

「ああ」

「あなた、私があのロックホテルで清掃員をしていたこと、本当に知らなかったの？　それとも、知っててわざと知らないふりをしていたとか……」

「いや、本当に全然知らなかった」

「本当に？」

「ああ。俺は嘘はつかない。事実だ」

「じゃあ、どうして名前と住所は嘘の記載をしたのに携帯だけ本当の番号を書いたの？　もしかしてあなた、私の存在を知ってて、わざとそうしたんじゃないの？　そうすることで偶然を装って私の前に姿をさらし、うまくいけば自分のことを調べさせて電話を入れさせようと企んでいたんじゃないの？」

「それは誤解だ。最初からそんなこと考えてやしないよ。でも心の中では、いつかは君に俺の存在を知ってほしいと願っていたことは事実だ。ただそれだけだ」

「結局本質は同じことじゃない。もうじきあなたの一周忌よ。そしてあなたの身代わりになって死んだ人も同じように、家族の前からいなくなって一年経つのよ。決断を下すのは早いほうがいいわ。でないと、あなたは一生罪の重さを感じながら生きていくことになる。私もあなたと一緒に罪の償いをするつもりだから」

「子供たちはどうするんだ。俺が出頭したら、何も知らない子供たちまで世間から冷たい目で見られることになる。そうなったら子供たちが可哀想だ」

「じゃあ、他にどうしろっていうの？　他の女に会うためにわざわざ手の込んだ真似をして何の罪もない人を不幸に陥れておいて、自分は罪も償わずにのうのうと暮らしているなんて、そっちのほうがむしろ世間の冷視を浴びてしかるべきだわ。あなたは何もかも間違ってる。そもそもその昔のご友人のことは、私たちとの幸福な家庭を崩壊させてまでも償わなければいけないことだったの？　なぜ関係のない人を巻き込む必要があったの？　お願い、出頭して」

そこまで言われてもなお、準矢の決意は固まらない。見かねた弘美は、諭すように優しく語りかける。

「私の知り合いに刑事さんがいるの。その人にあなたの捜査を依頼して、それである程度の事実を把握することができた。もしもその人にあなたのことを話したら、きっとわかってもらえるはずだわ。だからその人にぜひ会ってすべてを話してほしい。何年かかったっていいじゃない。しばらくは世間のあなたを見る目は冷たく厳しいものになるかもしれないけど、自分のしたことの責任を取ってほしいの。お願いよ」

さすがの準矢にも気持ちは伝わったらしい。弘美の切実な訴えに、かすかに頷いているのが確認できた。

「今のあなたの態度で、私の言い分が伝わったと判断していいのね」

「あ、ああ……」

心なしか優柔不断とも取れるその力ない夫の返事に、弘美は不信感を抱いた。

「まだ決心がつかないでいるのね」

「いや、そ、そういうわけじゃ……」

「あなたの気持ちは、私にも痛いほどわかるわ。でも心配しないで。それから、後でもう一度あなたの携帯に私から電話を入れるから、絶対に番号を変えたりしないでくれる？　じゃないと、二度とあなたに会えなくなりそうで心配だから。それよりあなた、風邪でも引いたの？

なんだか顔色が悪いわよ」

「あ、ああ、ちょっと風邪引いたみたいなんだ。でもすぐ治るよ。とにかく今日はこうして君に会えたんだ。もう二度と会えないかもしれないと思ってたから、本当に嬉しい」

「ありがとう。私も嬉しいわ。今ここで私と交わした約束、本当に忘れないでね」

「ああ。約束するよ」

事故以来、約一年という空白の時間が、二人の間にわずかな溝を作っていたことは確かである。妻の弘美に強引に出頭することを勧められて、素直に受け止めようと表向きは平静を装っていても、そんな穏やかな気持ちでいられるはずはない。

弘美が言うように、早い段階で出頭をし友人を死なせてしまった償いをして、心身ともに浄化された綺麗な体で生きられたらどんなに楽か。けれども、このまま妻と会うことを拒み、どこまでも逃げ続けて生きる道も捨てきれてはいない。

こうした二つの選択が、準矢の悩める心をなお一層締めつけた。

自分が出頭することで、残された家族や身内にどれだけの迷惑をかけることになるか。それを思うと、準矢の気持ちはどんどん後者のほうに傾きつつあった。

準矢は、目の前でアイスコーヒーを飲む妻・弘美の顔を、何も語らず黙って見つめていた。

そして、夫婦でありながら、再び別れを告げなければならない時がやって来た。

弘美には、保育園に預けている二人の子供たちを迎えにいかなければならない時間が差し迫っていたからである。

「あ、もうこんな時間。時間が経つのって早いのね。せっかくあなたに会えたのに、とても残念。とにかくさっきの約束絶対忘れないでね。本当に電話を入れるから、決して私から逃げないでちょうだい。これだけはお願いよ」

「ああ」

数分後、二人は別れを惜しみながら、弘美から先に席を立ち店を後にした。

夫と大切な約束を取り交わしたものの、あっさりとまた離れることになってしまった弘美は、夫と再び会えるという保証もなく、もうこれっきり、夫との連絡が途絶えてしまうのではないかという、漠然とした不安を拭い去ることができなかった。

夫の気持ちを考えると、迷いに迷った末に所詮この世に存在しないことになっている自分の身をどこかへ隠そうと画策し、下手をすれば海外に逃亡してもおかしくない。

だが弘美は、もう夫を疑うことはやめようと思った。ただひたすら、夫が素直に出頭の勧めに応じてくれることに賭けてみたかった。


そして、事故が起きてからちょうど一年が経ち、準矢の一周忌が訪れた。親戚一同が墓に会し法要が行われる。そこには以前、弘美に窃盗まがいの現場を見られ、逃げるようにして弟夫婦の家を飛び出していった、あの愚かな義姉の小心に包まれた姿もあった。

あんなことがあってからは、義姉からの陰険な嫌がらせはなくなっていた。その欲得に塗れた哀れな生き様に弘美は開いた口が塞がらなかった。だからこそ今は、上から目線で相手を眺めている自分がいた。

法要を終え、昼食会が執り行われた。

その席で偶然にも、弘美は義姉の美知子の隣に席を設けられた。いくら上から目線で相手を見下ろせる状況下にあるとはいえ、あまり気分のいいものではない。食事の間中ずっと、互いに言葉を交わすことも目すら合わせることもなく、重苦しい時間を過ごした。

そして二人は、このまま何事もなく立ち去る予定だった。

やっとの思いで食事会が済み、法事の一切を終えて皆が会場を出たのは、午後二時過ぎ。ただ、弘美と二人の子供たち、義弟夫婦、義姉と義母の七人だけはその場に残った。法事に集った親戚一人ひとりを見送った後、直近の家族だけで軽く茶菓子などを食べながら、ゆっくりとくつろぐためである。

弘美はこの日を迎えるにあたり、幸いにも生きてどこかでひっそりと身を隠して生活をしている人間の一周忌法要を執り行ったことに、言い知れない違和感を覚えていた。仮に夫が、今日行われた己の法事をどこかの物陰からこっそりと覗いているとしたら、もう二度と家族の前に姿を見せることはできないと嘆き悲しむに違いない。

それとも、幽霊となったことをいいことに、これからは自由気ままな生活を送ろうとするのか。

　そんなことよりも、弘美にとって今一番気がかりなのは、夫と再び連絡を取れるかどうかだけである。

　親戚が皆去った後、家族だけが残されたため、その間も義姉の美知子と弘美は一緒の空間に身を置くことになった。弘美にとっては窮屈以外の何物でもない。できれば親類とともに即刻家へ帰りたい気分だった。が、意外なことに、その音頭を取ったのは義弟の哲矢だった。彼は姉の美知子とは違い、清廉実直な性格で、弘美にとっては唯一心を許せる人物である。

　家族だけで集まっているというのに、義姉は初めからひと言も口を利こうとせず、ずっと無愛想な態度を見せていた。そんな自分の娘を見るに見かねた義母は、我慢の限界に達したようで、皆の前で彼女を強く窘めた。

　義母が苛立ちを感じ始めていたのは会食の開始時からである。客の接待もろくにせず、ひとりでたばこを吸いながら別室にいた美知子に情けなさを感じていた。何が気に入らないのかは一目瞭然。隣に弘美がいることそのものが、美知子にとってこの上ない苦痛だったのであろう。彼女がひとり別室で気ままな時間を過ごしている間、弘美と哲矢の妻・由利の二人は、周りの親戚の接待に勤しんでいたのだった。

「美知子。今日のお前は常識も何もあったもんじゃないわね。同じ家族なら、皆と協力して親戚のもてなしをすべきじゃない。お前も女なら、弘美さんや由利さんを見習って、これからはきちんとしてもらいますからね。いいわね」

今までに見たことのない義母のきつい態度に、弘美は気分爽快だった。これまで人にきつく当たってきた義姉だけに、いい気味だと笑い返してやりたいくらいだった。

弟の哲矢をはじめ、義理の妹たちのいる前で母親にひどく叱責され、美知子は態度を豹変させた。今まで一度も見たことのない、娘のその形相に気付いた母親は、激怒の色をますます濃くしながら、なお一層声高に叱責を繰り返した。

「美知子、なんなのその顔は。お前私にこれだけ言われてもまだ懲りないのね。そんなんだから未だに嫁のもらい手がないのよ。もう少し姉としての立場をわきまえて、しっかり仕切ってもらわなくちゃ困るじゃないの」

すると義姉の美知子は、二人の義妹の前で赤恥をかかされた屈辱に耐えかねて、とうとう抑えていたものが一気に弾けた。

「どうしてそんなに私ばかりを責めるのよ、母さん。皆の前で私に恥をかかせてさぞかし面白いでしょうね。わかったわよ。もう二度と皆の前には顔を見せないから安心して。なんなら親子の縁を切ったっていいのよ」

激しい罵声を浴びせた後、彼女はその場から勢いをつけて飛び出していった。

三十代半ばを過ぎてもまだ子供気分の抜けない彼女の幼稚さを、弘美はその時改めて目の当たりにした気分だった。というよりも、一度も結婚生活を営んだことがないせいか世間をよく知らない彼女に、むしろ悲哀を感じていた。

その後その場に残された家族は皆無言のままうなだれていた。家族の親睦を深めようと設けた席での、予想もしなかったハプニング。義弟も落胆を隠せない。

弘美は気を取り直し、その場を何とか取り繕うために、そっとその場を離れて給湯室でこっそりコーヒーを入れ始めた。

すると、そんな弘美の気持ちを察したかのように、義妹の由利も後からやって来た。

「お義姉さん。コーヒーを用意されているんですか。私も手伝います」

「ありがとう。ごめんなさい。気を遣わせちゃって。急にのどが渇いて、でも自分ひとりじゃコーヒーも飲めないでしょ。だから皆を道連れにしようと思って、こうして皆の分も用意してたのよ」

「お義姉さん。もしかして、気を遣われてるの、お義姉さんのほうじゃありませんか。あ、それ私持っていきますね」

「ありがとう。じゃあ、お願いするわ」

そして二人は、今入れたコーヒーを携えながら、再び元の場所へと戻っていった。

「さ、皆さん。コーヒーを入れましたから、これを飲んで帰りましょう」

「あら、弘美さん。これあなたが用意したの?」

「ええ。家から持ってきていたスティックコーヒーなんですけど。幸いなことに人数分あったので、厨房のほうからカップをお借りしてお湯を注いだだけですから、熱いうちにどうぞ」

「そう。あなたって気が利くのね。あの子とは大違いだわ」

「そうおっしゃらずに。お義姉さんもいろいろとおありでしょうから。あまり責めないでください」

弘美は数日前、義姉の犯した行為を思い起こしていた。あんな出来事があった後だけに、彼女自身心なしか弘美と顔を合わせることにばつの悪さがあり、同じ空間にいて呼吸することすら苦痛だったのかもしれない。もしあの時、義姉の美知子が部屋の中で物色している現状を見逃していたら、彼女をそこまで追い込まずに済んだかもしれない。

が、反対に彼女の犯行を見逃し、臭い物に蓋をして事なきを得ていたとしたら、きっと彼女自身の持つ傲慢さを増長させてしまっていただろう。いずれにせよ、数日前彼女がしたことの報いを、今日のこの日ほど生々しく見せつけられたことはなかった。

そんな家族間の小さないさかいの中で、複雑な心境で迎えた法事を無事に終え、弘美は再び夫・準矢のことを思い出していた。

現実に夫は生きて、誰も知らないところで普通に暮らしている。法要の席にいた親戚や家族の前で、夫が本当は生きていると暴露できたらどんなに気が楽になるだろう。そう考えると、弘美は非常にもどかしかった。

だが、冗談でも夫が生きていることを皆の前で告げたら、周りはどれだけパニックに陥ることか。いや、パニックになるどころか、自分の言ったことなど本気にしてもらえないだろう。むしろ、お前は夫が亡くなったショックでとうとう頭がおかしくなってしまったのかとばかにされてしまうかもしれない。やはり皆に夫が生きていることを証明するには、当の本人が幽霊の如く忽然と家族の前に姿を見せることが一番なのではないだろうか。しかし、果たして夫にはそんな勇気があるだろうか。

午後三時過ぎ。残っていた家族六人は、会食の場所を後にした。

義母や義弟夫婦と別れた後、弘美はまっすぐ家へ帰ろうという気持ちにはなれずにいた。それは、会食の席での義母と義姉のいさかいが原因だったかもしれない。他人事とはいえ、二人のいさかいの裏には、多少なりとも自分が関与していると思うと胸が痛んだ。

夕日が沈むまでには充分時間がある。

久しぶりに半島の見える辺りまで繰り出してみたくなり、子供たちと一緒にタクシーに乗り、ちょっとしたドライブ気分を味わった。

太陽の光がさんさんと海面を照りつけていた。その輝く美しさが、不思議と印象深く感じられた。このごく当たり前の、何の変哲もない風景がなおのこと、この日の特別に病んだ弘美の心には染みた。

できることなら、今のこの現実から逃れたい。すべてのしがらみから解放されたら、どんなに楽になれることか。

夫がこの空の下で、自分たちと同じように息をして生きている。生きていることは、もちろん嬉しい。だが、夫が生きていることがいつか白日の下にさらされたなら、家族は……。そして世間の反応は……。できることなら、すべて夢か幻であってほしい。弘美は本気でそう祈った。

すべての元凶は、夫の友人の山での滑落事故。そこから始まる、友人の妹と夫の関わりである。夫との出会いからあの日まで、弘美は夫に何の疑いも持たずに信頼し続けてきた。いつでも腹を割って何でも語り合ってきた仲なのに、なぜ今回の件を、妻である自分に内緒にしていたのか。

それはやはりお金の問題が絡んでいるから？

弘美は子供たちとともに海のほとりに立ち竦んであれこれ考えるうち、次第に夫を恨めしく思うようになっていった。死んだはずの夫が生きていたと知った時の感動とは反対に、夫に対する憎しみでいっぱいになっていったのである。そして、今はとにかく自分のためにも、そして夫の身代わりになった人のためにも、夫の生存を一日も早く何らかの手段を講じて世間に公表し、少しでも今のこの苦しみから逃れられたらと、密かに心の中で願うのだった。

海を見つめる弘美の目には、複雑に入り乱れる心の葛藤が生み出す苦しみの涙が溢れていた。そんな中、苦悩に包まれ海を見つめる母のそばで、何も知らない幼い子供たちが二人仲よく駆け回りながら遊んでいる。

その無邪気に笑う姿に、弘美はふっと我に返った。そう、もう後戻りはできないのだ。たとえ人からどんな非難を浴びようとも、この現実から逃避することは許されない。

なぜなら、夫は生きているのだから。

それからしばらくした後、待たせておいたタクシーに乗り自宅へと向かった。心身ともにすり減らした長い一日が終わろうとしていた。

海辺で遊び回って疲れ果てた幼い二人の子供たちは、夕飯を済ませ入浴を終えると、八時半頃には床に就いた。だが、母親である弘美もまた疲労困憊である。このまま何もせず、子供たちと一緒に同じベッドに入りたい気分でいっぱいだった。

しかし弘美には、これからやるべきことがあった。手に携帯を持ち、大きな深い溜め息をひとつ。夫・準矢へ連絡を取るための心の準備をする。

そして、通話ボタンを押す。ところが、期待外れな事態が起きてしまった。その番号は、現在使われていないというのである。

（一体何があったの……）

やはり懸念した通りのことが起きてしまったのだ。

（夫は私の前から姿を消してしまったのか？　いや、そんなはずはない。きっと番号を押し間違えたんだわ）

そう自分に言い聞かせて、弘美はもう一度電話をかけ直すことに。

が、結果は同じだった。あれほど念を押したのに、一体何が起きたというのか。せっかく夫の所在を探し当てることができたと安心したのも束の間、これではまたふりだしに逆戻りである。

弘美の心は大きな落胆を覚えた。この瞬間、弘美の中で一大決心が巻き起こっていた。

やはりこれは自分ひとりの力ではどうにもならない。このことは、あの杉山刑事に任せるしかない。たとえどんなことが自分たちの身に降りかかってこようとも、夫には自分のしたことに最後まで責任を取ってほしい。そのためにも必ず出頭を促してみせる、と。

妻との約束を反故にし再び雲隠れをした夫を見つけるために、最後の手段として杉山刑事の顔が弘美の頭に浮かんだ。気が付くと無意識のうちに相手に電話をかけていた。

その時である。最後に杉山と電話で話した後に感じた、ある種の特別な感情が再びよみがえってきた。

「もしもし。杉山です」

確かに本人の声だった。

「もしもし。小野沢です。夜分にすみません。こんなに遅い時間にご迷惑であることは充分わかっているんですが、どうしても今すぐ聞いていただきたいことがあってお電話をしました。よろしいでしょうか」

「ご心配には及びません。刑事という仕事に夜も昼もありませんから。それで、どうしました？　もしかしてご主人の件ですか」

「はい。実はそのことで……」

「どうぞ、遠慮なく何でも言ってください」

「ホテルで見たあの男の人は、やはり主人でした。そこで、私あれから夫に連絡をし、久しぶりに夫婦水入らずで、あなたと初めて入った例の喫茶店でお茶を飲みながらいろいろと会話を弾ませることができたんです。ですが実は私、あの人に疑念を抱いていました。もしかしたらこの人、再び私の前から姿をくらますんじゃないかって。それでも覚悟を決め、再三あの人に連絡先を変えないように念を押して、そしてその日はそのまま別れたんですけど……やはり抱いていた懸念が的中してしまいました」

「というとご主人、やはり……」

「ええ。実は今、あの人に出頭を勧めたくて電話をかけたんです。でも、あの人携帯の番号を変えてしまったようで、とうとう連絡を取ることが不可能になってしまいました。その時思いました。あ、やはり夫は出頭することをためらって、それで私から逃げたんだって」

「それで私にお電話をくれたんですね」

「そうなんです。もう私ひとりの力ではどうすることもできなくて、それであなたの力をお借りしたいと思って……」

電話の向こうの弘美の心情がじわじわと伝わってくるのを、杉山は密かに感じ取っていた。

「わかりました。このことは決して誰にも言わないでください。私のほうで調査してみますから、奥さんは大人しく構えていてください。もしもですよ。万が一ご主人から何らかの形で連絡が入ったら、あなたは何もせず直接私に知らせてください」

「わかりました。あなたの言う通りにします」

杉山の指示に身を任せることで、弘美はさっきまで抱いていた絶望感が薄れていくような気がした。その夜は久しぶりに、穏やかな心持ちになることができた。すべてを、あの杉山刑事に一任することができたからに他ならない。そう思ったら、このまま何も考えずにぐっすり眠れそうな気がした。

一年前のあの日、夫が亡くなったとされたガス爆発の現場で初めて出会った、杉山直輔刑事。千葉県警の捜査一課に勤める父親的存在感を漂わせるひとりの中年刑事に、弘美は大きな力で支えられているような、そういった安堵感を覚えた。


夫・準矢の一周忌も終え、いつ夫の生存がばれるかとびくびくしながら落ち着かない日々を送る中、弘美は徐々に以前の平静を取り戻しつつあった。それも、影ながらいつでも弘美の支えとなる人間が存在するからであろう。

弘美は覚悟を決めていた。いつ夫が世間の前に姿を現してもいいように。その時は自分も一緒になって精一杯皆の前で釈明しようと。

それでも心の中は空洞状態が続いていた。

このまま夫は妻の前から姿を消したまま、二度と再会することができないのではという不安と寂しさが入り乱れ、この複雑な思いをどこかに埋めようと必死にもがく自分がいた。そのたびに、弘美の脳裏を春樹の顔がよぎる。彼に対する信頼と友情以上の絆が、弘美をある行動へと走らせた。春樹に電話を入れようと、携帯を手にし、気付いた時には相手の番号を指で押していたのである。が、あいにく留守電に切り替わる。やむを得ずメッセージだけを残した。

この日は暖かな陽気に恵まれていたので、昼食を済ませた後は親子三人で利根川のほとりを散策した。川の土手では何人かの釣り人が長い竿を垂らし、釣りを楽しんでいる。そこは静かな楽園を感じさせた。大きな垂れ幕をつけて空に浮かぶアドバルーンを見て、そばにいた幼い子供たちがはしゃぐ姿が印象的である。

弘美はふと思った。

こんな時、すぐ横に夫がいてくれたらどんなに幸せなことか。

あのガス爆発さえ起きなければ、夫は逃げ隠れすることなどなかったはず。

そして、夫の身代わりとなった人も、きっと亡くなることはなかったはずである。

そう思うと、さっきまでの穏やかな心境とは打って変わり、弘美の心は暗色と化した。過去を思い起こせば不安の度合いは増すばかり。けれども今は杉山刑事にすべてを一任しているのだから、事態がどうなろうと彼にしがみつき、身を任せて事の成り行きを見守ろうと心に決めていた。

と、その時である。弘美の携帯がけたたましく鳴り響いた。

「もしもし」

「あ、弘美？　俺だけど。さっき電話くれただろう。ちょっと会議中だったから出られなかったんだ。それで、何か用でもあったの？」

電話の向こうの春樹の声に、弘美は癒しを覚えるのだった。

「そう。会議だったの。ごめんなさいね、気が利かなくって。別に用ってほどのことじゃないんだけど。あなたにいろいろと聞いてもらいたいことがあって。それに、だいぶ会ってないしどうしているかなと思って、それで電話を入れたの。ただそれだけ」

「そう。ならいいけど。ところで今どこ？　何してるの？　何か川の流れる音がするけど。もしかして、そこ利根川？」

「そうよ。子供たちとしばらく散歩もしてなかったから、そこら辺をちょっと歩いて気晴らしでもしようかと思ってね。それよりお仕事忙しそうね。邪魔しちゃったみたいだからもうお仕事に戻って。それじゃ、電話切るわね」

「あ、ちょっと待ってよ。何かあったんだろう？　じゃなきゃ、君みたいなしっかり者がこんな時間帯に電話なんてするはずないと思って」

本心を見抜かれたと悟った弘美は、とうとう隠しきれなくなってしまい、この際春樹に本当のことを伝える決心をした。

「隠していても、いつかはあなたに伝えなければいけないことだから。でも電話じゃゆっくりとお話ができないから、どこかで会わない？　極力人目に付かない場所でね」

「ああ。俺は別にかまわないけど、何か深刻な問題でも起きたとか？　今の君の声を聞いていると何か尋常じゃないものを感じてしまうんだけど、今ここで話せないこと？」

「ええ、まあ。ひと言では済ませられないことだから……」

「そうか。わかったよ。でも人目に付かない場所っていえば、この間の喫茶店か、他にどこか適当な場所があったら教えて」

「それじゃ、この間行った喫茶店で会いましょ」

「ああ。君と喫茶店で会うのはこれで二度目になるけど、昔俺たち三人でよく食事をしたレストランを思い出すよ」

　すると、弘美は突然春樹の会話を遮った。

「その話はやめましょう。もう過ぎたことなんだから。ただあの頃は皆若かったし、色んなことができた。私だってできれば時間を巻き戻して、あの日に帰ってもう一度やり直したい。でももうそれは叶わないことだから」

「君。一体何があったの？　言ってみろよ。何かあったんだろう？」

「……」

突然会話が途切れてしまったことに、春樹はますます疑問を抱き始めた。

「そうか。今はここで話さなくてもいいよ。電話じゃ話しづらいだろうからね。なんなら、今夜そっちへお邪魔してもいいんだよ」

すると、弘美は子供たちの手前、妙に慌てた様子でその場を取り繕いながら話題を変えた。

「まあそのう、つまり……取り立てて今すぐ話さなくちゃいけないことでもないの。ただちょっとなんとなく誰かの声が聞きたくなっただけ。もうそろそろ仕事に戻って。まだ会議終わってないんでしょ。それじゃ」

せっかくの春樹からの電話を、自分のほうから一方的に切ったことに、弘美は少なからず後悔していた。本当はもっと彼と話をしていたいはずなのに。そのせいか、心にポッカリと穴が開いたようにどこか寂しかった。

電話を切った後、弘美は誰にはばかることなく号泣した。そばで無邪気に遊んでいた幼い兄妹は、突然わけもなく泣き出した母親のもとにすがりつくようにして問いかけてきた。

「ママ。どうしたの。泣いてるの？　どうしてそんなに悲しいの？　誰かママのこといじめたの？」

何も知らない息子が、涙する母親を下から覗き込むようにして尋ねてきた。

息子のその仕草に気付いた弘美は、思わず我に返り、無理に笑顔を作りながら答えた。

「ごめんね直矢。心配かけちゃって。なんでもないのよ。ただあんたたちが楽しそうに遊んでいる様子を見てたら、急にママも楽しくなっちゃってつい涙が出ちゃったの。それだけよ」

弘美がそう答えると、さすがに小学校入学を控えている年齢だけに、目の前の母親の姿を見て何かを感じ取ったのであろう。母親が嘘を言っているのではないかと今の言葉をすぐさま信じようとはせず、しばらくの間つぶらな瞳で心配そうに母親の顔を見つめていた。

が、ほどなくして幼い息子は言う。

「本当？　本当に僕たちのことを見て泣いてたの？」

息子が無邪気な顔でそう聞くと、弘美はとっさにうまい言葉が思い浮かばなかったが、精一杯の嘘でその場をすり抜けようと努めた。

「そうよ。あまりにもあなたたちが無邪気に遊んでいるものだから、つい涙が出たのよ」

「ママ、何か心配なことがあったら、いつでも僕に相談してね」

「ありがとう。直ちゃん」

その時、弘美は思った。

もうこの子たちをあざむいてまで、好き勝手なことはできないということを。いつかは必ずこの子たちに、父親の存在をはっきりと話して聞かせる必要があると。

利根川の上流から吹き込む爽やかな風に、弘美の長い黒髪が鮮やかになびいた。そして再び川のほとりで鬼ごっこをして遊び始めた幼い子供たちの様子を、ただぼんやりと頬杖をつきながら静かに眺めるのだった。

一方、春樹は会議の間中ずっと弘美のことが気になって仕方がなかった。

（彼女は絶対俺に何か隠していることがある。なぜ彼女は素直に明かそうとしないのか。俺に対する遠慮？　それとも子供たちの手前、俺を遠ざけているのか）

そのようなことを幾度となく思い巡らせた。弘美との電話を切ってから、会議にはまったく集中できず、何も手に付かない状態が続いていた。周りの声すらも耳に入らない。

誰かに声をかけられてもまったく上の空である。

それに気付いた直属の上司がとうとう憤慨し、抜け殻同然の春樹を名指しして会議の席から退場を促した。

「おい、水本。お前さっきからボケーッとして、一体何をぼんやりと構えているんだ。このバカ者。今何をやってるところなのか、お前にはわかっていないようだな。もう今日はいいからさっさと帰れ。追って沙汰するから覚悟しとけ」

上司の怒鳴り声が会場にこだました。すると場内がシーンと静まり返り、周りにいた皆が一斉に春樹のほうへ視線を向けた。

と同時に、今まで物思いに耽り会議も上の空で聞いていた春樹は、その時初めて我に返った。しかし、時はすでに遅かった。

「え、あ、あのー……一体何があったんですか。み、皆、どうしたの。こっちばかり見て」

すると、場内を割れるような爆笑が飛び交った。

春樹はこの時初めて、自分が思いもよらぬ失態を招いたことに気付く。

まるで魂の抜け殻同然にボーッと突っ立っている春樹を見て、上司の星野は改めて、先ほどよりもかなり低いトーンで、身震いするほど皮肉たっぷりに叱責を浴びせた。

「水本。お前一体ここへ何しに来てんだ。今は大事な会議中だぞ。それでなくとも相手に食うか食われるかの土壇場にいるってのに、お前は何を空想してんだ。まさか、女か」

すると、更に周りの笑いに拍車がかかった。

この上司の放った言葉が、果たして本気で言ったことなのか。それとも笑いを誘うためのジョークなのか。春樹にはまったく理解できなかった。

もともと仕事熱心で真面目な性格の春樹に限って、重要な会議の場で赤恥をかくなどということは今までに一度もなかった。それだけに、笑い転げる連中も、半ば信じられないといった表情を露わにしている。真面目で仕事一筋の春樹をつかまえてまるで幼子を怒鳴りつけるような行為に及んだ上司の星野でさえも、他の連中とまったく同じ疑問を抱いたのである。

(水本に限って、どうしたというのか)

実のところ、弘美との電話でのやり取りの後、春樹は、彼女が何か人に言えない大きな秘密を持っていることを確信していた。

果たしてそれは一体何なのか。

もしかすると、準矢が事故で亡くなったことに何か関係しているのかもしれない。それとも、まさか、自分に関わることか。

考えれば考えるほど、春樹の好奇心は駆り立てられ、いてもたってもいられなくなっていた。

そして突然椅子から立ち上がり、無意識のうちに上司の星野に向かいひと言告げる。

「すみません。ちょっと気分が優れないので、今日はこのまま帰らせていただきます」

春樹はそう言って、身の回りの整理をし始め、会議の途中で会場を後にした。

その場に居合わせた者たちは皆、彼の素早い行動を目の当たりにしてあっ気に取られ、しばらくは沈黙が続いたのだった。

そそくさと会議を抜け出した春樹だが、その時は彼自身もまた、自らが起こした行動の本意を理解できず戸惑い始めていた。

どうしてこんなことになってしまったのか。

最初は、大切な会議の最中、上司に叱責されつつも我ながら見上げたことをしたものだと、愚かにも自己満足していた。しかし、社内であんな向こう見ずな真似をして、首が無事つながっていようはずがない。ややもすれば、明日にはもう自分のポストはなくなっている可能性だってある。勢いに任せて足早に職場を飛び出したはよいが、突発的に自分が起こした行動に、正直なところ若干の後悔を感じていた。

「くび」春樹の頭に、この二文字が浮かぶ。

しかし、もしそうなったらそうなったで、自分は独身の身である。守らなければいけないのは己ひとりだけ。他に守るべきものが何もない者にとって、たとえ「くび」を言い渡されたとしても、それはさほどショックなことではない。

今の春樹にとって一番気にかかるのは、電話で弘美の口から出たひと言。

――いつかはあなたに伝えなくてはいけないことだから。

しかし、弘美はこちらを気遣いお茶を濁してしまった。彼女が本当に話したかったこととは何だったのだろう……。

電話では冗談のつもりで、つい心にもないことを言ったが、この時の春樹はすでに気持ちを固めていた。

時刻は午後の八時半を少々回った頃である。

弘美が子供たちを風呂に入れ、そろそろ二人を寝かせつけようとしていた時のこと。

突然、家の玄関のチャイムが鳴った。

一体こんな時刻に誰だろう。まさか義姉の美知子であろうか。弘美は少々不安を抱きながらドアを開けた。すると、そこに立っていたのは、水本春樹だった。

「春樹さん。あなた……本当に来てくれたの」

「ああ」

「こんなところじゃ立ち話もできないわ。人が見てるから、早く入って」

そう言って弘美は、辺りを気にしながら春樹を家の中に招き入れた。この行為が道徳的に許されることなのかどうかは、神のみぞ知るところである。夫以外の男性を、夜遅くに家の中に入れたこと自体罪なことではないかと認識していながら、やむを得ない選択だった。弘美としても、まさか本当に彼が家にやって来ようとは思いもよらなかったのである。

「春樹さん、どうしたの、こんな時間に。私言ったはずよ。何も今すぐ話さなければいけないことじゃないから、後でどこかで話そうって」

「矢も盾もたまらなかったんだ。どうしても君のことが心配で。あれから何も手に付かなくて、会議を放り出してしまったくらいだからね。上司にはこっぴどく叱られ、周りの連中には笑いものにされて恥をかいてしまった。それで済むのならまだいい。もしかしたら今日のことが原因で、俺は会社をくびになるかもしれない。いや、そうなってもかまわないと思っている。俺には守るべき家族もいないし、それに失うものは何もないからね」

「ごめんなさい。私があんな時間に電話をしてしまったせいね」

「そうじゃない。俺が勝手に仕事を放棄しただけさ」

「そんなにも私の言ったことが気になって……それでこんな夜遅くに来たってわけね」

「だから言っただろ。君のことが心配だって。それに、実際君が一体何を話そうとしているのかを、早く君の口から聞きたくてね。だから包み隠さず正直に話してくれないか。もしこんな俺で力になれるのであれば何でも言ってほしい」

弘美を見つめる春樹の表情が、いつもと違ってはるかに鋭く見える。

そんな彼の一途な思いが伝わったのか、弘美の固く閉ざされていた心の門が、静かに開こうとしていた。

そしてついに弘美は、春樹の胸の中に、無意識のうちに自分の顔を埋めて泣いていた。

「弘美、弘美……」

「春樹さん。できることならもう一度過去の自分に戻って、すべてをやり直したい。真剣に今そう感じているの」

「突然何を言い出すんだ」

「もしも仮に結婚相手があなただったら、今の私はどうなっていたかしら。人生の選択を間違えたような気がして、最近いつも自分を責めてばかりいるわ」

「何言ってんだ。だってあいつはあんなことになってしまったけど、根はいい奴だったじゃないか。ま、あいつに君を取られてしまったことは残念だったけど」

「そんなことじゃないの」

「え？」

「あなたはあの人のことを何もわかってない」

「どういう意味？　まさか、君の話したいことって……もしかして……準矢のこと……」

「そう。あの人のことなの」

「あいつがどうかしたの？」

「あの人、実は生きてるのよ」

「なんだって？　あいつが生きてるって？　この間もそんなニュアンスのことを言ってたけど正気なのか？　だって、ガス爆発に巻き込まれて死んだはずだろ。それに、現にあいつの葬儀もしたし、一周忌の法要だってこの前終えたばかりじゃないか。何で今更そんな嘘を言うんだ」

「嘘でもなんでもないわ。そう、確かあなたには前にも話したわよね。私、あの日寝台の上に横たわっている遺体を見た時、とっさにこれは夫のものではないかもって思ったって。でも何の確証もないから黙ってた。そんな思いもあって、私だけは周りの皆が号泣していても、不思議と涙は出てこなかった。そうやって夫の死に疑問を持ったまま月日は流れていったわ。それで……気を紛らわすためにホテルに働きに出たんだけど、その一角であの人を見かけてしまったの。見知らぬ若い男の人と一緒にいたわ。その時思ったの。やっぱりあの人生きていたんだって」

「人違いじゃなかったのか」

「いいえ。確かにあの人だった。だって直接電話して声を聞いたんだもの。……私が普段から親しくしているフロントの女性にお願いして、ルール違反とは知りつつも、その部屋の宿泊者名簿を調べてもらったの。そしたら客の名前は全くの偽名だった。他に携帯の番号と住所が書かれていたから、いちかばちか試してみようと思ってね。帰宅してから子供たちを寝かせて、それから恐る恐る相手の携帯番号にかけてみたわ。すると、まさしくあの人の声だった。念のため私が夫の名を呼ぶと、相手はいきなり電話を切ってしまったんだけど。そこで初めて夫の存在を確認することができたわ」

「じゃあ、事故以来、あいつ携帯番号を変えたんだな」

「そうじゃないの。あれは人からの借り物らしいわ。だって、死んだ人間が自分の携帯電話を使えないでしょ」

「なるほど。でもどうしてあいつ生きてたんだろう。だって霊安室に収容されたあいつの遺体をしっかり確認しただろ。遺体があいつのものじゃないかもしれないっていう疑問を持った時、どうしてあの場で俺に言ってくれなかったんだ。もっとも、警察から職場に電話があって駆けつけた後、俺もよく確認すればよかったんだけど。あまりに無惨な姿だったから、ただ茫然とするばかりで、何がなんだかわからない状態だったからな」

「だって、あの時はどうしようもなかったのよ。もしかしたら、私の心の中で夫が死んだという事実を認めたくないという思いこみが強かったからかもしれない」

「それで、その後あいつはどうなったの？」

「念のためにもう一度電話をしたら、やっと出てくれたわ。そこで私は彼と再会を約束し合い、この間あなたと行ったあの喫茶店で落ち合うことにしたの。それで私は思い切って夫に出頭を促した。出頭して罪の償いをしてほしいと。でもこれって実際罪になるものなのかどうか、私にはよく理解できないけど、自然と出た言葉だった」

「そしたら、あいつ何て言ってた？」

「悩んでいる様子だった」

「どんなふうに？」

「そんなことよりも、とにかく人がひとり死んでるのよ。そのためにこれから先夫がどのような形で罪を問われるのか、そっちのほうが重要だわ。夫が悩んでる云々はまったく論外よ。いずれにせよ、本人は出頭することを真剣に考えてはいるだろうけど、今のところそこまでに行き着く勇気が湧いてこないのかもしれない。……ほら、前に刑事さんのことを話したじゃない。ありがたいことに、今もいろいろと気にかけてもらってるのよ。だからもしも夫が出頭する気になったら、その方に連絡を取って、私同様に面倒をみてもらおうと考えていたの。それで、絶対逃げ隠れしないでねって約束したのに……とうとうあの人、私との約束を破ってまたどこかに雲隠れしてしまった。今どこにいるのかまったくわからずじまいなの」

「このまま逃げ回っていても、何の解決にもならないのにな。俺が思うに、きっとあいつは自分のことより、君たち親子の行く末を案じているから、自分の生存を表沙汰にしたくないいんじゃないかな。昔からあいつは人を思いやる気持ちが人一倍強い奴だったからな。早く言えば、責任感が強いというやつさ。そんな奴だから、今頃どこかに身を隠しながらも、悶々と悩み苦しんでいると思うよ。いっそ、あの時あの現場で事故に巻き込まれて、本当に自分が死んでしまったほうがどんなによかったかってね」

「そうね。あなたが言う通り、いっそのこと本当にあの事故であの人が死んでいたら、今みたいな辛い思いをせずに済んだのにって思ったことは私もあったわ。でも、今はあの人ともう一度やり直したくて出頭を求めたの」

「それは君の本心から言ってるのかい？　もしかすると、世間の批判が重くのしかかってくるかもしれないんだぜ。たとえば、これからの子供たちが生きていく上での人権とかプライバシーとかにも関わる問題だよ。君は堪えられるかもしれないけど、幼い子供たちには到底堪えられないと思う。だから、そういったことを考慮して、あいつは悩んでいるんだと思うよ」

「あなたの言う通りそうかもしれない。でもあの人のせいで人がひとり死んでるのよ。見て見ぬふりはできないわ」

「その……あいつは一体何のために、身代わりなんか立てたんだ？　そのことを少し詳しく説明してくれないか」

「事故のあった日、夫は自分の身代わりを立てて、若い女のところへ行ってたのよ」

「なんだって。じゃああいつ君に隠れてうわ……」

「そうじゃないの。前に写真の女性の話をしたわよね。夫の学生時代、山で亡くなった友人の妹っていう。やっぱり私の推測通り、重い病気を抱えたその妹さんの世話をしにいってたのよ。だから決して浮気をしてたわけじゃない。でも理由はどうであれ、理屈は一緒よ。許せなかった。お金まで私に用意させて」

「それよりも、俺が一番気になるのは、あいつが今一体どこへ逃げ隠れしているかってことだよ。生きていることが君に知られてしまったんだから、逃げるにも限界があるだろ。そういえば、その刑事にはこのこと言ってあるの？」

「ええ。何かわかり次第、連絡がくることになってるけど……」

「所詮、警察の人間なんてわかんないからな。密かにあいつをとっつかまえて、刑務所にぶち込んでしまおうって魂胆かもしれないぞ」

「あの人はそんな卑劣なことをする人じゃないわ。今まで付き合ってきてよくわかるの。夫を見つけたら、きっといの一番に私に教えてくれるはずだわ」

「まさか君、もしかして、その刑事さんのこと……」

「やめて、そんな話をするのは。そんなくだらない話をしにわざわざここへ来たの？　だったらもうさっさと帰ってちょうだい」

「いや、悪かった。冗談だよ。ただ昼間の電話でどうも君のことが心配になって、会議にも身が入らなかったってさっきも言ったじゃないか。だから、僕のこの気持ちだけは察してくれよな」

「ごめんなさい、春樹さん。私ちょっと言いすぎたわ。本当にありがとう。こんな私のために大事な会議を抜け出してまで来てくれたって言ってたものね。でも本当に会社をくびになってしまったら……」

「いいんだって。なるようにしかならないんだから。それに、君のいない職場にいつまでもいたって仕方がないからね。実はいつでも退職願は持って歩いているんだよ」

「なんですって？　それじゃあずっとそう考えていたの？」

「覚悟していたってことさ。それが今回の君の件で少し早まっただけのこと。明日上司に今日の会議での失態を指摘される前に、潔くこいつを出そうと思っている」

そう言って春樹は、スーツの内ポケットから白い封筒を出して見せた。

「あなた、本気なのね」

「ああ、僕はいつでも本気さ。今こうしている間も」

「春樹さん……」

弘美は再び、春樹の広い胸の中に自分の顔を深く埋めて泣いていた。

それは嬉し涙なのか。それとも、これからの不安と恐怖に喘ぐ涙なのか。

その後、春樹は弘美の家を人目をはばかるようにして去っていった。春樹が去った後の家の中はシーンと静まり返り、物音ひとつしない。その不気味なまでの静寂が弘美の不安を誘う。とかく彼がいる間は、気を張って凛とした強気の女を演じていたが、ふと暗がりの部屋の中でひとりになると、わけもなく声に出して泣き叫びたい衝動に駆られた。

しかし、ひとたび夜が明け、朝を迎える頃には、この不安もどこかへ吹き飛んでいくであろう。そう信じて、弘美は涙で濡れたままの顔を手鏡に映しながら、さっきまで春樹と一緒に過ごしたひと時を思い出していた。

誰もいない暗いキッチンテーブル。その椅子に腰かけながらぼんやりと過ごすうち、どれだけの時間が経っただろうか。気が付いた時にはテーブルに突っ伏したまま朝を迎えていた。

第五章　夫の決断

弘美はやっと目を覚まし、キッチンの壁掛け時計に目をやった。時刻は八時を少々回っていた。慌てて子供部屋へ行き、子供たちを起こそうと部屋のドアを開けた。

しかし、そこに子供たちはいない。

「一体どこへ？」

弘美は部屋を隅々まで見渡した。するとその時、一本の電話が鳴った。それは、いつも子供たちを預けている近所の友人からであった。

「もしもし。やっと目が覚めたみたいね。子供たちは預かってるから心配しないで」

「え？　どうしてあなたのところにいるの」

「子供たちがね、いつもママが起こしにきてくれるのに、今日に限ってなかなか来てくれないからってあなたを捜したらしいの。それで、あなたがキッチンにいるのがわかって、何度も呼んだけど気が付いてくれないからって、それでうちに来たってわけ。どうしちゃったの。どこか具合でも悪いの」

「ああ、あたしは大丈夫。ちょっと夕べ眠れなくてお酒を飲んでたのよ。お酒を飲んだら少しはぐっすり眠れるかなと思って……。でも少し飲みすぎたのね、それで今朝起きられなかったみたいなの。心配かけてごめんなさいね。今そっちへ迎えにいくわ」

とっさに弘美は、思いもよらぬ嘘をついた。

「あなたにしては随分珍しいこともあるものね。ま、いいわ。もうご飯も食べさせたしお弁当も作ってあげたから、このまま保育園へ送ってってあげる。心配ご無用よ。後でそっちへお邪魔するわね」

「何から何までありがとう。恩に着るわ」

その電話にほっと胸を撫で下ろしたが、今回のこの失態で弘美は深く反省していた。大人の勝手な都合で、幼い子供たちまで振り回してしまったと。


その頃、春樹は昨日の会議での責任を取るため、退職願を携えて職場へ出勤していた。所属する課の課長のもとへ、半分おぼつかない足取りで近付いていく。

「課長。昨日はご迷惑をおかけして本当にすみませんでした。あの、これを……」

「なんだ。ん？　お前、よっぽど昨日の俺の一喝が効いたようだな」

そう言って、課長の星野はすんなりと春樹の差し出した退職願を手にした。そして次の瞬間、思いもよらぬ行動に出たのである。

彼はその退職願と書かれた封筒を、中身も見ずにその場でびりびりと破いたではないか。その時春樹は、目の前の星野の行動がどういうことを物語っているのか、すぐに理解できた。自分の犯した失態が許されたということなのだろう、と。

しかし、あれだけ身勝手な行動を取ったことに対して、なぜこの人は簡単に許してくれたのか。本来なら解雇されて当然なのにと、春樹は課長の星野の顔をそっと窺った。

すると星野は、春樹の心を見透したように柔らかな口調で言った。

「俺はお前を入社当時からずっと見てきたが昨日のようなことは今まで一度もなかった。それに営業成績もよく真面目で、おまけに人の面倒見もいいほうだ。そんな真面目を絵に描いたようなお前が、仕事以外のことで何を考えていたのかは知らんが、よっぽどお前の魂を骨抜きにするような特別なことでもあったんだろう？　少し体を休めて、この際だから命の洗濯でもしてこい。どうせ有休もろくに取らず、いっぱい余ってるんだろ。たっぷり休暇を取ってどこかで遊んでこい。その方がお前のためにもなるからな」

彼の突拍子もない、まるで天から降ってきた牡丹餅のような配慮に、むしろ春樹は面食らった。すぐには言葉も出せず、ただ頷くばかりだった。

星野の下した予想外な命令にどう応えてよいやら考えあぐねていると、星野は更に気を利かせ、本人に無断で休暇願いの紙を差し出してきた。

「ほら、これにサインをして、後で俺のところへ持ってこい」

まるで上司らしからぬぶっきら棒な態度である。それが余計に彼の持つ独特な人懐こさを感じさせ、ますます春樹を恐縮させるのだった。

「あ、ありがとうございます。でも……」

「いいから早く行け。これ以上お前のしみったれた顔を見てると、こっちまで暗くなるからな」

わざと皮肉を織り交ぜながらこっけいに話す気さくな心配りに、春樹はただ黙って頭をぺこりと下げ、星野の前を後にした。

　しかし、災いが福を呼んだともいえる今回の出来事は、むしろ春樹を悩ませた。まとまった休暇を取ったとしても、独り身の者からすれば何もすることがない。裏を返せば無駄な休暇ともいえる。特別親しい友人といえる者もおらず、かつ、どこかへ行くという当てもなかった。強いて挙げるとすれば、それは弘美のいるアパートくらいのもの。しかし、信じられないことに、死んだはずの弘美の夫、準矢が実は生きていた。そして、当の本人は、あろうことか妻の弘美と再会していたのだ。

「あいつは一体どこに身を潜めているのか」

　その時春樹は、ふとある考えに思い至った。

　そうだ。この機会を逃がす手はない。特別な配慮で長い休暇が取れたのだから、災を福に変えてあいつを自分の手で捜し出してみせると心に誓っていた。

　その日の夕刻、春樹の携帯に弘美から電話が入った。

「もしもし、今日どうだった？　やはりあの退職願を出しちゃったの？」

　弘美は春樹のことが気になっていたらしい。

「ああ。そのことならもう解決したよ」

「え？　解決したって……どんなふうに？」

「休めってさ」

「て、ことは？」

「しばらく休んで頭を冷やせってことだろ。今まで有休も使わず走りに走ってきたから、課長からのご褒美だと思って素直に受け入れることにしたよ」

「そう、よかった。どうなることかと心配したわ。だって、もとはといえば私のせいですもの。責任感じちゃって。昨日あなたが退職願を出す覚悟があるって言ってたから、それを出した後でショックのあまり、たぶん今頃家に帰って丸くなって寝てるんじゃないかと思ったのよ。でも安心したわ。きっと心の広い人なのね。あなたの上司って」

「口は悪いけどね。その分今までの俺の働きぶりをじっと見てくれていたんだと思う。だからその恩を、これから少しずつ返していかなくちゃと思ってる。その英気を養うための休暇だと思って大切に使わせてもらうよ」

「ところで春樹さん。あなた今どこ？　会社にいるの？」

「今ちょうど会社を出たところさ」

「だったらちょっとこれから私に付き合ってほしいんだけど」

「どこへ？」

「とにかく、この前のお店に来てくれない？」

「わかった、今行く。先に行って待ってて」

それから約一時間ほどして、二人は例の喫茶店で落ち合った。先に店にやって来たのは弘美のほうだった。春樹は二十分ほど遅れてやって来た。

「やあ、待った？」

「いいえ。私も今来たところよ」

弘美はとっさに嘘をついた。これも相手への配慮だと、勝手に思い込んでいるらしい。

「そうか。それはよかった。随分待たせちゃったんじゃないかって思ったよ。それで、俺になんか話したいことでもあったの？」

「それもあるけど、半分は口実かな。あなたへの会社からの処分が気になってたけど、無事一件落着したから、それで私から罪滅ぼしのつもりで、あなたへコーヒーの一杯でもご馳走させてほしいと思ってね。どうせもう休暇に入ってるんでしょ。時間の許す限り私に付き合ってちょうだい」

春樹は、親しい仲でありながらも、そういった細やかな心配りを忘れない弘美に愛しさを感じた。

「なんだ、そんなことか。気にしなくていいのに。君は昔からそういうところがちっとも変わっちゃいない。俺にとっちゃ喜ばしい限りだけどね。だからこそ俺も準矢も、そういう君に惹かれたんだと思う。ただあいつに先を越されてしまったけどね」

「……話は変わるけど。あの日からまったくあの人からの連絡もないし、一体どうなっているのか。もしかしたら本当にあの人、どこか遠く私たちの手の届かないところへ逃げちゃったんじゃないかって、余計なことを考えてしまうのよ。刑事さんからも、何の手がかりもつかめないのかまったく音沙汰なしだし。やっぱりこっちが頼りに思っているほど、相手は真剣に考えてはくれていないのかもしれないわね」

「ところでその刑事さんって、君から見てどんな人なの」

「いい人よ。優しくてどこか頼りがいのある人。知り合ってそんな月日は経っていないし、それに数えるくらいしかお会いしていないけど、でも少なくとも信頼に足る人だと私は思ってるわ。まだ連絡はないけど、あの人と約束したことを最後まで信じて待つつもり」

「君がそのつもりでいるなら、休暇の間、俺も及ばずながらあいつのことを捜す手伝いをするよ」

「ありがとう春樹さん。恩に着るわ」

失踪した人間を捜す当てなどあろうはずもなく、半ば二人は青息吐息のままだった。少し寂しげに、俯き加減で目の前のコーヒーをストローでかき混ぜる弘美のうつろな様子を無言で見つめながら、春樹は未だ行方のわからぬ友人を捜すための思考を巡らせていた。

(あいつは一体何を考えているのか。出頭することを躊躇するあまり気弱になって悩み抜いたあげく、自暴自棄になって自らの命を絶ってしまいはしないだろうか。そうならないためにも、早くあいつを見つけなくては)

春樹は心の中で叫ぶ思いで、失踪した友の安否を気遣っていた。

と、その時である。弘美の携帯の着信音が、狭い喫茶店にけたたましく鳴り響いた。それは、あの杉山刑事からのものだった。

「もしもし。小野沢さんですか。杉山です。今お時間よろしいですか?」

「ええ。私は大丈夫です」

「実はご主人の件でお電話をしたんですが」

「あの、主人見つかったんですか」

「ええ。それでそのことで奥さんにご報告したいことがありまして。実はご主人、今朝早くにこちらの警察に出頭してきまして、それですぐにそちらへ連絡をしようと思ったんですが、ご主人に強く止められましてね。それでもやはり連絡だけはしておかないといけないと思いまして、それでお電話をした次第です。もし都合がつきましたら、今すぐこちらへ来ていただけますか」

弘美は杉山からの電話を受け、まるで夢でも見ているようだった。

夫・準矢が警察に出頭した。

その言葉だけがいつまでも耳から離れず、しばらく返答に詰まった状態が続いた。そして今日、ここに行き着くまでの間、夫はどうするべきか悩みに悩んで、やっと辿り着いた結論は出頭だったのだ。

その時である。向かいで弘美の反応を見ていた春樹は、いきなり脇から携帯を奪い取ると、電話口で話し始めた。

「もしもし。あ、あの、彼は出頭してきたんですか?」

「あなたは?」

「あ、す、すみません。私は彼の友人で水本春樹といいます。それで、彼は今どうしてますか」

「ええ。彼は今取り調べ室にいて、いろいろと事情を聞き出しているところです。もし都合がよければ奥さんとご一緒に来られますかな」

「もちろんです。今すぐそちらへまいります。どうか、彼のことよろしくお願いします」

そう言って春樹は電話を切り、急いで弘美とともに店を出た。

その瞬間の二人には、世間の体裁などどうでもよかった。いずれにせよ、諦めかけていた事態が一変し、明るい兆しが見え始めたことに心から感謝していた。


署へ向かう道中、二人は興奮のあまり交わす言葉もなくすごした。弘美は車中に差し込む西日の強さに打たれながら、どこか複雑な思いを抱いていた。

連絡も取れずまったく行方知れずだった夫が、望み通り出頭した。これから先自分たちにどんな火の粉が飛んでくるやもしれぬのに。それでも弘美は、夫の勇気ある行動に喜びを感じていた。きっとそれは、春樹も同じ気持ちだったに違いない。

二人が署に辿り着いたのは、太陽もまだ沈まぬ五時少し前だった。

二人を乗せたタクシーが署の前に止まる。

さっそうとタクシーから降り、二人は勇んで署の中へ入っていった。受付にて杉山を呼び出してもらう。すると彼はすぐに現れた。

「ご苦労様です。さ、こちらへどうぞ」

そう言うなり、彼は二人を署内にある個室に案内した。そこで杉山は、弘美に対して軽く頭を垂れながら詫びた。

「奥さん、すみませんでした。今までご主人の手がかりが何ひとつ得られなくて、やきもきしていたんじゃないですか?」

「そんな。むしろ私のほうがあなたにお礼を言わなければいけないんですから。どうかそんなに謝らないでください。現にこうして主人が出頭をしてきたんですから。それだけでよかったと思います」

「私もご主人が自分から名乗り出てくれたことが、何よりの救いだと思ってますよ。もしこのままご主人がどこまでも逃げ隠れを続けていれば、きっと後悔することになったでしょう」

「あのう。本当に主人に会えるんでしょうか」

「ええ、会えますとも。少しお待ちください。面会できる用意をしますから」

「ありがとうございます。杉山さん。何とお礼を言っていいかわかりません」

そう言って弘美は深々と頭を下げ、杉山の大きな背中を見送った。

とはいっても、すぐに面会できるのかどうか、弘美は不安を覚えた。このまま取り調べが長引き、会えずに帰されるのではと。だがそんな不安をよそに、ものの数分と経たぬうちに、杉山刑事がつかつかと二人のもとへと戻ってきたのである。

「お待たせしました。さ、こちらへどうぞ」

杉山は二人を面会室へ案内した。面会室へ通じる薄暗い廊下を、こつこつと靴音だけが鳴り響く。そして導かれた先の、面会室の扉を開けて中へと入っていった。

そこにはまぎれもなく夫の顔が覗いていた。見れば、夫の顔はまるで山男のごとく変貌している。その姿は、いかにも罰を逃れるためにあちこち逃げまどっていたことを象徴していた。

いずれにせよ、どこかに潜んでいながらも、悩んで悩み抜いたあげくの決断であろう。容姿はすっかり変わり果ててしまってはいたが、夫に変わりはないのである。何はともあれ、そんな彼を見て二人は不思議なほどに安堵したのだった。

ところが、変わり果てた姿の男を前にして、弘美と春樹はかける言葉すら用意しておらず、焦るあまりただ黙って立ち尽くすばかりだった。

するとそばにいた杉山が、気のすむまでゆっくりと語り合うことを促し、その後静かに部屋から出ていった。

弘美は杉山に感謝の気持ちを込め、彼の後ろ姿に向かって再び深々と頭を下げた。

今日だけは特別という許しをもらった二人は、やっと心の落ち着きを取り戻すことができ、用意された椅子にゆっくりと腰かけた。

先に話しかけてきたのは、夫のほうだった。

「弘美、すまん。心配かけて」

「いいのよ。あなたのことは、妻の私が一番よく知ってるわ。どっちに転んでもどうにもならない状況だってことは、私もわかってたことよ。でも、現にあなたは生きている。死んでなんかいない。だから生きているうちに、自分の取った行動に対する責任はきちんと果たさないとね」

「俺はどうなってもかまわないけど、お前たちの身の上が心配で、それで今まで決断できなかったんだ」

「言わなくてもわかってる。私たち家族がこれから世間から浴びせられる批判を思うと、なかなかここへ足を運ぶことができなかったのよね。あなたの苦しみは痛いほどわかるわ。でもこれからはあなたにだけ重い荷を背負わせない。だって私たち夫婦でしょ。こうしてそばには春樹さんもいるわ。三人で力を合わせて、これから被害に遭った人たちへの罪の償いをしていきましょう」

「弘美」

準矢は無意識のうちに妻の名を呼んでいた。と同時に、弘美の横にいて心配そうに自分を見守る春樹の顔を、準矢はじっと見据えながら、おもむろに話しかけた。

「水本」

「なんだ」

「これからいろいろと大変だろうけど、弘美のこと頼む。また、こいつの力になってやってくれ。頼りになるのはお前をおいて他にはいない。どうかこのとおりだ」

準矢の方に深く頭を下げる様子を見て、春樹の頭から今まで彼に抱いていた憤怒の気持ちがいつしか消えていた。

「人からこんなに信頼されたのなんて、生まれて初めてだよ。特にお前からそう言われるとこそばゆくっていけない。だからもうそういう話はやめてくれ。お前に言われなくったってちゃんとやるよ。だって俺たち三人はずっとこれからも友達だからな」

「ありがとう。恩に着るよ。この恩は必ず後で倍にして返すから。それより、お前会社はどうしたんだ。まさか、俺のために仕事を抜け出して来たわけじゃないだろうな」

次第に準矢の顔から少しずつ笑みがこぼれ始めた。そんな準矢の和らいだ表情を見て、弘美はほっと胸を撫で下ろしていた。

そして弘美はその後で夫に対し、生まれて初めて心からきつい言葉を投げかけた。

「あなた。ここまできたら、もうどこへも逃げられないわよ。決して現実逃避することなく、最後まであなたらしく責任を取ってちょうだい。これからどんなバッシングが待ち受けているかわからないけど、真っ向から勇気を持って立ち向かい、過去に犯した過ちを謝罪し償いをすることで、これからの人生をまともに生きていってほしいの。あなたにとっては、本当に辛い試練になるかもしれないけど、頑張ってほしい」

するると、さっきまで和らいだ表情を見せていた準矢の顔が急に硬直し、その言葉を重く受け止めながら、じっと弘美の顔を見つめた。

「ああ。俺もそのつもりでいるよ。ただ一番心配なのはお前たちのことだ。お前や子供たち、それにお袋や姉弟たちのこと。俺のことでこれから世間にどんな目で見られるかと思うと、今回ここに来るまでの間どれだけ悩んだか知れない」

「私たちのことはともかくとして、あなたの身代わりとなって亡くなった人の家族への償いだけは忘れないでほしいの。だってその人の家族は、未だにその人が亡くなったことすら知らないんですもの。このままうやむやにしておくことはできないわ」

「そうだな。俺の都合で死なせてしまったんだからな。もしも万が一あいつの家族に死んで償えと言われたら、その時は素直に受け入れる覚悟はできているよ。そのためにも、今すぐにでもその家族に会って心から詫びたい」

「焦せらなくてもいいわ。今は少しでも心を落ち着けて、時期が来るのを待ちましょう」

準矢は弘美にそう諭され、そっと頷いた。

「ああ。お前の言う通りそうするよ。それより子供たちは元気にしてるか?」

「ええ。最初はあなたがいなくなったことで随分寂しそうにしてたけど、今は平気よ」

「そうか。それを聞いて安心したよ」

するると、今まで夫婦のやりとりを隣でじっと傍観していた春樹は、時折自分の腕時計に目をやりながら、二人の間に割り込むようにして会話を遮った。

「おいお前ら、いくらあの刑事さんがごゆっくりと言ってくれたからって、普通だったらもう面会時間は終わりだぞ。そろそろ帰ろう。また日を改めて来ようぜ」

春樹に言われるまでもなく、夫婦である本人同士が一番わかっていた。

だが、久々にこうして人目も気にせずゆっくり会話ができたことに心地よさを覚えるあまり、時が経つのも忘れるほど、二人は夢中で話し続けた。

準矢から見れば、それは春樹のたわいのない嫉妬心から出た言葉にとれた。だが留置中の身にすれば、自分のいないこれからの妻の生活をそばで支えてくれるのは、この春樹以外いない。そう思うと、目の前の友人がとても頼もしく映って見えた。そして面会を終えて部屋を出ていく二人の姿を、準矢は静かに見送った。

二人は面会室を出た後、杉山に挨拶をしてから帰ろうと出向いたが、あいにく席を外している様子だった。

「事件でも入ったのかしら。随分お忙しそうね。でも杉山さんが担当でよかったわ。あの人だったらいい弁護士さんを紹介してくれそうだわ」

「それより、これからどうするんだい？」

「とにかく、お義母さんやお義姉さんたちに知らせなくては」

「そうだな。このまま黙っているわけにもいかないだろうからな。もし何かあったら俺に連絡するといい。俺にできることだったらなんでもするよ」

「ありがとう。あなたがそばにいてくれるおかげで元気が湧いてくるわ」

「家まで送るよ」

「ありがとう。でもいいわ。世間の誤解を招くから、あなたとはここで別れることにする。家へはひとりで帰れるから心配しないで。それじゃ」

夫の出頭を受けて刑事の杉山から連絡があり、夫との面会を果たせたものの、弘美の心は複雑だった。死んだはずの人間が、実は何らかの事情で生きていたと世間に知れた後の心の準備が、まったくできていないからである。

その夜弘美は、夫の家族に何と言って夫の生存を伝えればよいのか思案に暮れていた。悩めば悩むほど、食事ものどを通らなかった。ともすれば、一晩中眠れぬ夜を過ごすことになるかもしれない。

あれこれ考える最中も、留置されている夫の顔が浮かんでは消えた。

そして次の日の早朝、弘美は早めに子供たちを保育園に送り出し、その足でもう一度警察署に向かった。これといって用事があるわけではないが、無性に夫の顔を見たくなったからだ。

しかし、当然のことながら、面会時間にはまだ早い。

夫には会えずとも、その代わりに弘美は杉山と会って昨日の礼を言いたかった。それを口実に彼の所属部署を訪ねたが、この日も彼の姿はなかった。

聞けば、彼は昨日の午後から今に至るまで席を外しているという。

一体彼はどこへ……。急な事件の捜査にでも関わっているのか。やむを得ず、肩透かしのまま弘美は仕事場へと向かった。

昼食時、残り少ない休憩時間を利用して、夫の実家へ電話を入れた。

「お義母さんですか。私、弘美です。今職場からなんですけど、これから仕事帰りにそちらへお邪魔してもよろしいですか。ちょっとお話ししたいことがあるんですけど……」

余韻が残るその言葉尻に、義母は少し懸念を抱いたものの、普段弘美から電話をかけてくることがないだけに、心なしか声が弾んだ。

準矢と結婚する際に多少反対はされたものの、弘美と義母との間に、今まで一度も嫁と姑の確執といったものを見せたことがない。むしろ他人の目から見れば微笑ましいくらいの関係といえよう。それだけに、珍しく嫁から思いがけなく電話がかかってきたことに、義母はことのほか嬉しく思ったに違いない。

「弘美さんから電話をかけてよこすなんて珍しいわね。で、なに？　お話って」

「今はちょっと時間がないので、後でお話しします。今日の夕方よろしいですか？」

「ええ、いいわよ。子供たちも連れてらっしゃい。一緒にご飯でも食べましょう。いいわね?」

「はい。本当に急な電話ですみません。それじゃ」

電話を切った後、心臓の鼓動が辺りにこだまするように鳴り響いて聞こえた。今日これから夫の家族に、準矢の生存を伝えに行くのである。そしてその後夫の家族は、果たしてどんな表情を見せるのか。死んだはずの人間が実は生きていて、自ら出頭して警察の厄介になっているなどと知ったら、驚きのあまり義母は倒れてしまうかもしれない。ましてや、息子の身代わりとなって死んだ人間が、実は自分の家の墓に眠っていると知ったら。それらのことを思うと、本当に真実を明かしていいものかどうか、戸惑いを隠せない。

義母に電話をする前に、一応誰かに相談をすればよかったかもしれない。

しかし、もう遅い。事態はごろごろと音を立てて、山の頂から転げ落ちる岩のような勢いで進展しているのだから。すべて運に任せて時が解決してくれることを祈るだけである。

仕事を終えて帰宅し、身支度を整えてから三人が家を出たのは夕方五時過ぎのこと。

途中小さなラーメン屋に入り、親子で味噌ラーメンを注文し食べた。一緒にいた子供たちは、夕食時に母親とこうしてラーメンを食べに食堂へ入る機会などめったにないせいか、妙にはしゃいでいた。特に、長男の直矢などは目をクリクリさせている。

「ママ。どうしたの?　今日何かいいことでもあったの?」

「どうして?」

「だっていつも夕飯食べにお出かけすることないから。ママにしちゃ珍しいと思って」

「そう？　そんなに珍しいかしら。それじゃこれからもっとお外でご飯食べにこようか」

「うん」

「直矢。これからお祖母ちゃんとこに行くんだけど、もしお腹すかして行ったら、お祖母ちゃん気を遣って何か作ってご馳走しなくちゃいけなくなるでしょ。だから行く前にこうして腹ごしらえをしてるってわけ。他に何も理由はないのよ」

「ふーん、そうなの。これからお祖母ちゃんちに行くんだ。わーい。だったら今日はみんなでお祖母ちゃんち泊まろうよ。ねえ」

「ダメよ。明日もママお仕事なんだから、ご用が済んだら帰りますからね。だからおねむたさんにならないようにしてるのよ」

「えーつまんないの。じゃ今度泊まりにいこう」

「そうね。じゃあ指切りげんまんしよう」

するとと、愛息子の直矢はにっこりと微笑みながら小さく頷いた。そうやって和やかに息子と話す隣で、妹の香央莉は、大人しく目の前のラーメンをすすっている。

夫の実家までは歩いて三十分ほどの距離である。かつて弘美が、夫の居所を捜しに出向いた九十九里浜からほど近い海岸沿いの密集した住宅街に位置していた。

夫の実家は昔、海産物問屋をしていた。その名残もあってか、建物の敷地は広く、数年前に父親が他界する直前に建て替えた豪邸が、なお一層昔の豪商だった頃の勢いを物語っている。

しかし現在、それだけ広い立派な豪邸に暮らすのは、義母と義姉の美知子だけだ。

それはさておき、弘美はただでさえ気が重かった。これから夫の生存を伝えなければいけないことと、もうひとつ、あの一番苦手な義姉の美知子がいるということ。いずれにせよ、避けては通れない現実を前に、二人の子供たちの手を引いて、とぼとぼと目の前に広がる太平洋のうねりを耳にしながら先を急いだ。

夕方とはいえ、辺りはまだ明るい。

やっと夫の実家に着き、玄関に続く石畳を静かにひとつひとつ踏みしめながら歩いていく。気が付くと、子供たちの手を握る弘美の両手には、いつしか力がこもっていた。

そしてチャイムを鳴らす。すると、インターフォン越しに義母の声が聞こえてきた。

「どちら様?」

「弘美です」

「ああ弘美さん。ちょっと待ってね」

そう言って義母が玄関の扉を開けた。

「待ってたのよ。さ、入って。ご飯は? まだでしょ? 夕飯の用意ができてるから、一緒に食べましょう。あなたたちもね」

「すみません。ご迷惑をおかけするといけないと思って、ご飯はさっき近くの食堂で、子供たちと一緒に済ませてきましたから」

「あらそう。残念だわ。あなたたちが来るって言うから、ご馳走作って待ってたのに。とりあえず中へ入って」

「はい。お邪魔します」

弘美は、これから自分が話す真実に、義母がどんな反応を示すのか不安でならなかった。それと同時に、気にかかる不安の種がもうひとつ。それは義姉の存在である。

この前の一件があって以来、義姉はすっかり弘美のもとから足を遠ざけていた。無論、自分のしでかした不始末を悔いている証拠であろう。

辺りを見渡す限り、義姉は、今日自分たちがここを訪れることを母親から聞かされているのか、家の中にいる気配すら感じられない。弘美は内心それだけでもホッとしていた。そうとわかっていても、あえて弘美は義母に尋ねた。

「あのう……お義姉さんの姿が見えませんけど、どこかへお出かけですか」

すると義母は、茶菓子を持参しながら答えた。

「いいのよ、あの子のことは。今日あなたたちが来るってこと話したら、友達と飲んでくるから遅くなるって言うの。変な子ね。今まで一度も友達と飲みになんか行ったことないくせに、何を見栄張ってるんだか。あんな子でも、誰かもらってくれる人いないかしらね」

世間知らずで愚かなバカ娘でも、親にしてみれば目に入れても痛くないほど可愛いのだろう。

娘の話題に、屈託のない笑顔を見せる義母。

「直ちゃん、香央ちゃん。居間のほうでテレビでも見てて。これからママとお話があるからね」

義母はそう言って、子供たちを居間のほうへ連れていった。そして間もなく、義母は再び弘美のもとへ。その時彼女は、どこか神妙な面持ちで、弘美の表情を窺った。

「お義母さん。実は今日こうしてここに来たのは他でもなく、準矢さんのことなんです」

すると突然、義母の顔色が変わった。

「え？　今あなた何て言ったの？　準矢のことですって」

「お義母さん。驚かないで、私がこれから話すことをよおく聞いてください」

「準矢のことって、一体……だって準矢は……」

「準矢さんは実は……死んでなんかいないんです」

「え？　今あなた……準矢が何ですって……？」

「生きていたんです」

「生きていたって……だってあの子は死んだのよ。まさかあなた、死んだ人間が生き返ったなんてバカなこと言わないでね。冗談を言って私をからかっているのなら、もう帰って」

そう言うと即座に立ち上がり、義母は弘美の前から立ち去ろうとした。すかさず、弘美は声を震わせ、再び告白した。

「お義母さん。これは嘘でも冗談でもありません。天地神明に誓って準矢さんは生きています。

そしてもうひとつ、今彼は警察にいます。本当なんです、お義母さん」

「警察にいるですって？　ど、どうして。そ、そんなことってあるの？　ま、まさか。信じられない。一体何がどうなっているのかさっぱりわからないわ。そ、それで一体あの子がな、何をしたっていうの。く、詳しく説明してちょうだい」

義母は激しく動揺していた。あまりにも激しい興奮状態に陥り、今にも卒倒しかねないところまで追い込まれているのが手に取るようにわかった。

彼女のそんな姿を見て弘美はためらった。

このままの状態で彼女に真実を告げてもよいのかと。

しかし、今更後戻りはできない。ここまで来たからには、たとえどんなことになろうともはっきりと説明をしていかなくてはならない。

弘美は、義母が落ち着くのを待った。するとしばらくして、やっと正気を取り戻した義母は、弘美から目を逸らすことなく、じっと見据えたまま再び繰り返し尋ねた。

「取り乱しちゃってごめんなさい。いきなり死んだはずの息子が生きていることを告げられて気が動転しちゃって、何がなんだかわからなくなってしまったの。それでもう一度聞くけど、あの子に、い、一体何があったの？　それで……どうしてあの子が生きているの？　ま、まさか……もしかして……そ、それじゃあ、あれは……」

自分の質問しようとしていることがうまく言葉にならず、義母はもどかしさの中にいた。そんな彼女の辛い気持ちを慮って、弘美は思い切って打ち明けた。

「お義母さん。実は、去年のガス爆発で亡くなったのは、あれは準矢さん本人ではなく、別人だったんです」

弘美から初めて聞かされた驚愕の真実に、義母は再び激しい興奮状態に陥ってしまった。

「ええ？　それじゃあ、一体あそこに葬られている骨はどこの誰のものなの？」

「あれは準矢さんの代わりに出先に赴いていた方のものなんです」

「まあ。それじゃその方のご家族は、その方が亡くなられたことは……」

「おそらく、知らずにいると思います。今もその方の捜索願を出して行方を捜しているようですから」

「ご家族の方たちは、その方がすでに亡くなっていることをいまだにご存知ない……」

「それだけに、こちらとすればこれからどうすればいいのかわからなくって悩んでいるところなんです。当然、いつかはその方のご家族にお会いして本当のことを告げ、謝罪していかなくてはいけないと思っているんですが」

「そうだったの……それで、だいたいのことは理解できたけど、でもあの子が生きていることを知ったのはいつのことなの？」

「たまたま私の働いているホテルに、あの人がもう一人の若い男性と一緒に泊まりにやって来た姿を見たことがきっかけだったんです。念のため私が特に親しくしているフロントの女の子に宿泊者名簿をチェックしてもらいました。でも残念なことに、相手は偽名を使っての宿泊でした」

「まあ、あの子が偽名を使っていたなんて。それでその後何かわかったことは?」

「名簿に書かれた住所を辿って捜し歩いたんですが、結局書かれた住所はまったくのデタラメでした。でも幸か不幸か、携帯の番号だけは本物で、間違いなく準矢さん本人と思われる人物につながりました。でも、最初は電話をかけてきたのが私だとわかったら、あの人驚きのあまり自分から電話を切ってしまったんですが。二度目でやっとあの人とまともに会話することができました」

「それで、あの子には会えたの?」

「ええ。それもたったの一度だけですけど。でも、その後また電話をかけたらつながらなくなってしまったんです。私に強く出頭を促されたことを拒んでか、それともためらっていたのかどうかわかりませんが」

「そうだったの。あの子もきっと苦しんでいたんでしょうね。まさか自分の代わりに仕事場にいた人が死んでしまったなんて、思いもよらなかったでしょうから。それに、亡くなった人の家族に対してこれからどう償っていけばいいのかとあれこれ思い悩むうち、世間から姿を消して生きるしかなかったのかもしれないわね。当然あの子だけじゃなく、あなたもさぞかし苦しかったでしょうね。ところであなたがあの子をホテルで見たのは、まさか一周忌の法要の前……?」

「はい。もうその頃すでに事の詳細を把握していましたから、夫でない人の法要を営んでいることに、言葉では言い尽くせないほどの違和感がありました」

「そうね……次男の哲矢夫婦は別として、美知子がこのことを知ったら……あの子のことだから、もしかしたら半狂乱になってしまうかもしれない。そう思ったら……」

「いずれいつかは皆に知らせる時がやって来ると思うんです。というより、もうこの時点で皆が知っておくべきだと思います。だって準矢さん、今警察に留置されているんですから」

「わかったわ。とにかく、一日も早く家族皆にこのことは知らせておかなくてはね。さっそく明日の朝早く警察に行ってくるわ。この目でしっかりと息子の生存を確認してこなくては」

弘美はその言葉に小さく頷いた。

その夜弘美は、義姉の美知子が外から戻ってくる前にタクシーを呼び、眠い目をこすり続ける子供たちを引きずるようにして自宅へと帰っていった。

時刻はすでに十一時を回っていた。

帰宅してのち、しばらく弘美はひとり部屋にこもり、昨日から今日にかけての出来事を回想していた。それはまるで思いがけず天から降ってきた奇跡のように、弘美を驚愕の渦に巻き込んだ一連の出来事だった。

それとは別に、弘美の頭の片隅にはいつもあの杉山刑事のことがあった。

あれから一度も彼の姿を目にしていないが、彼は一体どこへ行ってしまったのだろう。きっと別件の捜査であちこち動き回っているに違いない。彼には返しても返しきれない恩を感じていた。いつかはきっと彼に会って心から礼を言いたいと。

が、その前に、妻という立場で夫に代わり、身代わりとなって亡くなった人の遺族に会って、心から謝罪しなくてはいけないという責任も強く感じていた。

そのためには是が非でも、あの杉山刑事に一刻も早く会わなくては。なぜなら、すべての鍵を握っているのは彼だけなのだから。

思い切って弘美は彼の携帯へ電話をかけた。しかし電話はつながらない。代わりに、録音メッセージが流れた。

弘美はその虚しく響く録音メッセージを聞きながら、ひとり心の中で呟いた。

彼は一体どうしたというのだろうか。誰とも連絡を取ろうとせず、どこで何をしているのか、と。そして、なかなか相手とコンタクトを取れないことへの苛立ちが、次第に焦りに変わっていった。

精神的な疲れが溜まっていたせいか、いつもの癖で携帯を握りしめたまま、その夜弘美は真っ暗な自分ひとりの部屋で、死んだように深い眠りについた。

一方、突然弘美の口から衝撃の事実を知らされた義母は、夜遅くに帰ってきた娘にその内容を話して聞かせようかと思っていたが、娘はあいにくの泥酔状態である。そのせいか、義母はろくに眠れぬ夜を過ごした。それでも目覚めたのはちょうど五時頃のこと。宅配が牛乳瓶を受け箱に入れる音で気付いた。同時に、昨夜泥酔して帰ってきた娘の美知子も二階から下りてきた。

その時娘は、居間で母がひとりでいる姿を見つけ、つかつかと母親のもとへと近付いてきた。そこで初めて、母親から衝撃の事実を知らされた。すると、二日酔いで顔色が悪いにもかかわらず、まるで狐につままれたような表情に変わり声高に言った。

「何ですって？　準矢が生きていたですって？　そんなバカな。だってちゃんと死体を確認したはずよ。それなのに、どうして今になってそんなこと言ってきたの。もしかしたら弘美さん、何か魂胆があるんじゃない？　絶対そうよ。嘘に決まってるわ」

美知子が興奮のあまり声を荒げてそう言うと、そばにいた母親は、なかなか信じようとしない娘に向かってこう言い放った。

「本当よ、嘘じゃないわ。だって今本人は警察にいるんですもの。それに、弘美さんが直接、警察の方から準矢が自ら出頭してきたという連絡を受け、本人と面会をしてきたそうなの」

「出頭してきたですって？　ど、どういうこと？　さっぱりわからないわ。一体何があったのか、事情をちゃんと説明してよ母さん」

すると母は、改めて娘の顔をじっと見つめながら、真剣な眼差しで語り始めた。

「美知子、決して驚かないで私の話を聞くのよ。実はね、準矢はガス爆発のあったその日の出先での仕事を、別の人に代わってくれるようお願いしていたというのよ。そこで運悪くその方が事故に遭ってしまったってわけなの」

「身代わりですって？　な、何のために」

「わからないけど、たまたまその日何かの都合を抱えていたんでしょうね」

「ってことは、うちの墓に眠っているのは、つまり、その……」

「え、ええ……つまり、そういうことになるわね」

「じゃあどうすればいいの？　大変なことになったわね。もしかしたらその人のご家族、今頃血まなこになって捜しているかもしれないじゃない。いつまでも隠しきれるものじゃないわね。ねえ、母さん。どうすればいい……」

激しい動揺に震え、一方的にまくしたてる美知子に対して、母親は今はそんなことを論じている場合ではないと言わんばかりに語気を強めた。

「あなたに言われなくても、私だって悩んでいるのよ。ましてや今回のことで一番悩んでいるのは準矢であり、弘美さんのほうなのよ。あなたがそうやって一方的に責め立ててもどうしようもないことなの。あなただってもういい大人なんだから、もう少し落ち着いてちょうだい。第一昨日弘美さんがどんな思いでうちへ来たかわかるの？　これからあなたも人の痛みを理解しながら、弘美さんの味方になって助け合っていかなくちゃ、簡単に解決できる問題じゃないのよ。それに、もしも先方が訴えを起こしてきたら、裁判になることも覚悟しなくてはいけないわね」

母親に強く諭され、美知子は低く頭《こうべ》を垂れた。美知子は事の重大さを、今この時やっと初めて理解することができたとみえて、その後はまるで借りてきた猫のように黙りこくって、ひと言も話さなくなってしまった。

娘の美知子に続いて、その後、弟の哲矢夫婦にもその内容が告げられた。

やはり彼らも同じように、まるで狐につままれたような感覚で聞き入っていた。まるで嘘か幻のような突然の母からの報せに、初めは半信半疑だった彼らも、最後は素直に認めざるを得なくなってしまったのである。

「母さん。今の話本当なのか。俺には死んだと思ってた兄貴が実は生きていたなんて信じられない。だけど、母さんが今言ったことが真実なら、じゃあうちの墓に眠っているのは……。取り返しのつかない過ちを兄貴はしでかしたことになるんだぜ。今は出頭して警察の中だけど、その後どうやって罪の償いをしていけばいいってんだ。本当に兄貴は大変なことをしてくれたよ」

電話の向こうで、苦悩に喘ぐ息子の声が生々しく母の耳に響いた。

「今はあれこれ議論している場合じゃないわよ。あの日病院へ搬送されてきた遺体を、きちんと確認しなかったこっちにも責任があるんだから。とにかく準矢のところへこれから行くつもりよ。あんたたちもすぐ警察に来てちょうだい。いいわね」

「ああ、わかったよ。とりあえず、会社は適当に理由をつけて休むことにする。この目ではっきりと兄貴の存在を確認しないことには、何も始まらないからな」

「そうね。そうしてちょうだい」

時計の針はちょうど六時を指していた。

準矢の母雅代は、夕べ弘美の口から息子の生存を聞かされ、そしてそれにまつわる事の重大さに胸が締めつけられる思いに苛まれていた。ゆえに、夕べは一睡もできなかったのである。布団に横たわりながら、このまま夜が明けずに永遠に眠りから覚めないことを祈っていたほどだった。

だがそう願う反面、死んだはずの息子に今日これから面会することを考えると、複雑極まりない心境になっていた。息子の顔を見た瞬間、いきなり相手の胸倉をつかんで何をするかわからない。そんなもうひとりの自分がいることを想像していたからである。

だからこそ、今日これから警察に行き、どんな顔をして息子に会えばいいのか彼女は迷っていた。と、そこへ電話が入った。弘美からのものだった。

「もしもし、お義母さんですか。弘美です。昨夜は遅くまですみませんでした。今どうしているのかと思ってお電話をしたところです。その後お変わりはないですか。あと、それからこれは余計なことかもしれませんが、あのう……ゆっくりお休みになれました？」

娘の美知子とは違って、弘美は相変わらず人に対する行き届いた心遣いをしてくれる。義母にはそれが嬉しかった。

「ありがとう。あなたの声を聞けただけで心が落ち着いたわ。ちょうど今誰かと話がしたい気分だったの。正直言って夕べあまり眠れなかったせいか、少しだけ頭が重いのよ。でも、大事にはならないから心配しなくていいわ」

「そうですか。それならよいのですが、あまり気を揉まず、成り行きに任せましょう。とにかく焦せらず落ち着いて順番に物事を解決していきましょうよ」

「そうね。あなたの言う通りだわ。とにかく亡くなった方のご家族に会わないことには何も始まらないから」

「ええ。そのことで刑事の杉山さんにお会いしたいんですけど、全然何の連絡もなくて、一体どこで何をしているのかまったくわからないんです」

「その方、何かご存知なの？」

「その人が今回の鍵を握っているんです。とりあえず、こちらから再度連絡を取ってみますから。その上でまたお知らせします」

「わかったわ。こちらからもお願いするわ」

電話の向こうの義母の声に、やっと元来の落ち着いた彼女らしい毅然とした態度が窺えた。もっとも、弘美自体も半ば悪夢にうなされながら、ろくな睡眠がとれずに早朝に目覚めた。それはやはり、今日久方ぶりに親子の対面をする夫と義母のことを考えると、ただならぬ緊張感が走ったからであろう。

弘美はひとり困惑していた。

果たして、自分が義母の立場ならどうするかと。

きっと、再会したとたん、嬉しさと怒りが交錯して、相手の胸倉をつかんで襲いかかってしまうに違いない。

時刻はまだ七時五分前。ほんのわずかな時の刻みの中で、弘美はこれから始まる緊迫した場面にあれこれと想像を巡らし、不安を募らせていた。睡眠不足による極度の疲労と、それに匹敵する極度の緊張が、弘美から食欲を奪っていく。おまけに、面会する二人の姿をあれこれ想像するだけで、頭中が激しい混乱に陥り、何も手に付かない状態になっていった。

しかし、弘美は眠い目をこすりながら台所に立った。朝食の準備をしながらも、頭の中は夫と義母のことでいっぱいだった。

刻々と親子の対面の時が迫っている。

弘美ばかりではない。言うまでもなく、その瞬間が近付くにしたがって、双方とも同時に緊張感が激しさを増していった。

この日、弘美は何も手に付かなかった。職場にいても上の空。いつもと様子の違う弘美に気付いた同僚はつぶさに相手の顔色を窺いながら尋ねてきた。

「どうしたの、さっきからボーッとして。今日は客の入りも少ないから、特別猫の手も借りたいほどの忙しさじゃないけど、これが満室状態だったらそんなのんきに構えていられないのよ。普段のあなただったらてきぱきとこなす仕事も、今日はどういうわけかひとつも手が動いてないんだから。家で何か心配事でもあったの？」

そうやって相手を気遣うような口調で尋ねてくる同僚の言葉が、弘美にはむしろ煩わしく聞こえてならなかった。

「なんでもないわ。ただちょっと夕べ眠れなくて。それで頭が冴えないだけよ。別に何かあったってわけじゃないから心配しないで」

「そう。それならいいんだけど……」

適当な会話で同僚を納得させることができたものの、弘美の心の中は今ひとつ晴れなかった。

（やはり今日は理由を作って休みを取り、自分も義母らと一緒に夫に会いにいくべきだったかもしれない）

そう心の中で呟いた。

第六章　終着点

時刻は午前十時。準矢の家族が面会に訪れた。

次男の哲矢と長女の美知子を伴い、母の雅代は、死んだと思っていた息子に久方ぶりに会える喜びとは別に、それと共存するような激しい憤怒に苛まれながら、複雑な心境で警察署にやって来た。

面会時間はたったの五分。その五分間の中で、一体どれだけの会話ができるというのか。会話どころか、人を巻き込んで死なせてしまった息子の顔を見るなり、罵声を浴びせてそのまま帰ってきてしまうかもしれない。母の雅代は、面会を待つわずかな間にそんなことを考えていた。

そんなさなか、雅代に何が起きたというのか。すっくと立ち上がり、何も言わずにどこへともなくふらりと立ち去ってしまったのである。母親の起こした突然の行動に驚いた二人は、頭が真っ白になっていた。

しかし、そんな折も時間は待ってはくれない。母親の特異な行動に茫然としている二人のもとに、面会室へ案内する担当の警察官が現れた。母親の挙動に慌てながらも哲矢は言った。

「姉さん。すまないけど母さんのこと頼む。俺ひとりで兄貴と面会してくるから」

すると、姉の美知子は渋った表情で小さく頷き、母親の後を追いかけた。

「すみません。それじゃよろしくお願いします」

哲矢はそう言って、警察官の先導に従った。

生まれて初めて入った面会室は寒々とした空気が漂い、いかにも孤独に誘われていくようなところだった。そこには監視役の警官がひとり。少し遅れてやっと、見覚えのある顔が現れた。目の前の男はまさに、紛れもなく兄の準矢だった。

「兄さん。本当に、本当に生きていたんだね。どうして今まで黙ってたんだ。母さんも姉さんもこの一年間どれだけ絶望と悲しみの中にいたか、兄さんわかるか。それにどうしてあんなことをしたんだ。兄さんの代わりに亡くなった人のことを考えたことがあるのか。もっとも、言われなくたって兄さんが一番わかっていることだろうから、これ以上責めないけどな。ところで話は変わるけど、実は今日ここに母さんも来ているんだ」

その時準矢は急に表情を強張らせ、そして必死に涙を堪えながら声をしぼり出した。

「母さんが、母さんが来てるのか」

「ああ。でもどういうわけか、兄さんとの面会を避けるようにして急に出ていってしまった。姉さんが後を追ってるよ。やっぱり兄さんと会うのが怖かったんだろうな」

兄の準矢は、母親が自分のすぐそばまで来ていたことを知り、改めて自らが犯した罪の重さを痛感した。それから何も言わずに下を向いたままだったが、しばらくして何を思ったのか急に顔を上げ、弟の哲矢に向かって言った。

「哲矢。ひとつお前に頼みがある」

「なんだ。言ってみろよ」

「母さんに会えなかったのは本当に残念だ。自業自得だから仕方がないことだけど、後でお前の口から伝えてもらいたい。もう俺のことは忘れてほしいと。どうせ俺はもうこの世に存在しない人間なんだからな」

「兄さん」

兄の冷めたような無責任な言葉に怒りを覚えた哲矢は、すぐに反論しかけたが、急に言葉に詰まった。適切な言葉を探そうとするも、兄の顔を見ているうちに次第に兄が哀れに思えてならなかった。

そこで哲矢は、兄に対して慎重に言葉を選びながら言った。

「兄さん。そうあまり自分を責めるなよ。なにも兄さんひとりが悪いんじゃない。仕方がないことじゃないか。もしもあの時現場でガス爆発さえ起きなければ、すべて何の問題もなく穏便に済んだことだ。むしろ責任を問うべきは事故を起こした先の人間で、兄さんは何ひとつ負い目を感じることはない。それに、俺らだってもしあの時収容された遺体を兄貴じゃないと断定していたら、こんなふうに追い込まずに済んだかもしれない。初めからあの遺体を兄さんだと信じてしまったこちら側にも非があるんだから、これからは兄さんひとりには責任を負わせないよ。だから決してひとりで思いつめることはしないでくれ。それに、弘美さんだって二人の子供たちだっているんだからな。皆兄さんのことを心配しているんだ。もっと強く心を持ってほしい」

弟の哲矢から懇々と諭され、準矢の目に涙が浮かんでいた。そして準矢は言った。

「わかったよ。お前の言う通り、これからは俺ひとりで悩んだりしない。さっきのは撤回する。その代わり言葉を言い換える。俺の代わりに母さんたちを頼む」

その時初めて哲矢の表情に明るさが見え、兄のその言葉に大きく頷いた。

そして兄弟だけの面会を終え、面会室から出てきた哲矢の前に、姉の美知子に付き添われてその場に立ち竦みながら、ひとり慟哭する母雅代の姿があった。

「母さん、どうしたの。てっきり帰ってしまったんじゃないかって思ったけど、もしかしてずっとここにいたの？」

悲しみのあまり涙する母の姿を見て哲矢は思った。本当は母も兄に会いたかったんだと。

そして母の雅代は涙声になりながら答えた。

「さっきどうして逃げちゃったのかと思ってすごく後悔して、それで……」

「じゃあ警察官の方にもう一度面会お願いしようか」

母はそれに対して手を振りながら拒否した。

「いいのよ。まさか何度もそんなことできるわけないんだから、今日はこのまま帰りましょう」

母が本心とは違うことを言っていることは、火を見るより明らかだった。だが、やむを得ない。哲矢は母の肩を抱きながら署を後にしようとした。すると美知子は「私はちょっと用があるから先に行くわね」と言って、ひとりでタクシーをつかまえて行ってしまった。

その時、視線の先から弘美とひとりの男が近付いてきた。刑事の杉山だ。

弘美はその日ろくに仕事が手に付かない状態にいた。が、そこへ突然、弘美の携帯に杉山刑事から電話が入り、そこで適当な理由をこしらえて早退し、やって来たというもの。

「哲矢さん。それにお義母さん。あのう、お二人に紹介します。私がいつもお世話になっている刑事の杉山さんです。実は先ほど刑事さんに呼ばれて私もこちらへ来たところです。もしよかったら、これから私たちとあるところへご一緒しませんか」

弟の哲矢と母雅代は、思いがけない誘いを受け、面食らった表情を見せた。

が、その時この二人は同時に同じことを考えていた。もしかしたら、現在留置所にいる人間に関わる何らかの吉報を、この中年の男は知っているのかもしれぬと。もしそうであるならば一刻も早く、この髭面の男からどんなことでもかまわないから聞きたいと思った。

そして哲矢は弘美に言った。

「兄さんのことで何か話があるんだろう。だったらこちらからすすんでお願いするよ」

すると、そばにいたもみ上げの濃い髭面の杉山刑事は、快く目の前の二人をいつもの店に導こうと誘いをかけた。

「ここではなんですから、私が行きつけの喫茶店がありますから、ちょっと距離はありますがそこまで少し歩きましょうか」

杉山のその誘いに、哲矢も雅代も互いの顔を見合わせた。当然弘美にとっても馴染みの店である。かといって、弘美はあえてそのことには触れなかった。なぜなら弘美と杉山がそこまで深い関係であるということを、この親子には知られたくなかったからである。

杉山に導かれるまま、皆彼の馴染みの店へと歩を進めた。そこは署から歩いて約数十分のところ。見るからに何の変哲もない普通の雑居ビル内にある、こぢんまりとしたくつろげる場所だった。

そこへ初めて足を踏み入れた時、哲矢と母親の雅代は、このお店が持つ特有の雰囲気と、杉山という男が持つ独特の優しさとが融合して、心が癒されていくのを感じた。そして次第に、この杉山という男への信頼感が増幅していく。同時に、不思議にも哲矢は、兄のこれからの処遇をすべて彼に任せてみようと思い立った。

店内には、あるひと組の年老いた男女がいるだけだった。哲矢と母の雅代にとってはまったく見ず知らずの赤の他人。

しかし、事の次第はそこから始まる。哲矢と母雅代が杉山刑事の導きでそのひと組の男女のいる場所まで連れていかれると同時に、彼らもそれに呼応するようにしてその場に立ち上がり、二人に視線を向けた。

すると杉山刑事は、目の前の老夫婦らしき男女を妙に気遣いながら丁寧にもてなし始めたのである。その様子に、哲矢親子は思った。

一体この者たちはどこの誰なのか。そして何のために自分たちを彼らの前に連れてきたのか、まったく理解できないまま挨拶を交わし合った。

彼らの正体が何者なのか、予め事情を話すことによって、この親子が極度に身構えてしまうことを考慮し、杉山は一切告げずにきた。その後、双方ともテーブルにつき、互いに顔を合わせた。ここで杉山は初めて、事の経緯を語り始めた。

「実は私、ここ数日間署を離れておりまして。それに連絡もなかなか入れられず大変ご迷惑をおかけしました。そこで私が今日あなた方をここへお呼びしたのは、去年ガス爆発で亡くなられた下条光一さんのご遺族と引き合わせるためだったんです」

杉山刑事の口から初めて真実を明かされた哲矢と義母は、あまりの衝撃にその場に卒倒しかねないほど驚き、目を大きく見開いたまま身構えた。

しばらく何も言葉に出せないまま時が過ぎた。お互いに沈黙が続く中、刑事の杉山だけは淡々と語り続けた。

「目の前にいる方たちは、亡くなられた下条さんのご両親でいらっしゃいます。ご両親は息子さんが突然失踪されたことでずうっと行方を捜し続けていました。たまたまこちらの小野沢さんの息子さんが爆発事故に巻き込まれ亡くなったということで、私と小野沢さんの奥さんが偶然にも事故現場に居合わせ、そこで私は奥さんからご主人が亡くなられたことの経緯やいろいろな諸事情を聞き、単独で今まで行動してきました。詳細については、前もって下条さんのご両親にはお話をしておきましたので、お二人には充分理解していただいたと信じております。つい最近亡くなったはずの小野沢さんが、出頭してきました。随分悩んだ末の決断だったはずです。理由はどうあれ、自分の犯した罪を償いたい一心で起こした行動に、私も、そしてこちらの下条さんもとても心を動かされました。ま、ひと言で罪になるのかどうかは、今もって複雑と言えば複雑。こちらとしてもこのまま彼を留置所に置いたままにしてよいものかどうか迷っているところです」

杉山の説明によって、目の前にいるこの二人の男女が兄の身代わりになって亡くなった者の家族と知るや、弟の哲矢は身につまされる思いがした。そして席から離れ、いきなり床にひれ伏し土下座をして、号泣しながら謝罪の言葉を述べた。

「すみませんでした。どうか兄を、そして私どもを絶対許さないでください。どんな理由があるにせよ、こちらが犯した罪は消すことはできません。どうか私どもを罰してください。どんな罰も甘んじて受けるつもりです」

何度も何度も床に頭をこすりつけるようにして号泣する息子の姿に、隣にいた母の雅代もともに床にひれ伏し、同じように詫びた。

「本当に申し訳ありませんでした。何とお詫びをしていいかわかりません。息子があんなことをしなければ、息子さんは死なずに済んだものを。ここで私が死んでお詫びをして済むことであれば、すぐにでもそうしたいと思っております。いっそ息子を殺して私も死んで罪の償いができたらどんなにいいかわかりません」

二人の嗚咽は続く。あまりに惨めな姿に、遺族であるこの老夫婦は、今自分たちがここで何と声をかければよいのかまったく思い浮かばず、思案に暮れたまま下を向いて、ひと言も発しなかった。今まで静寂を保っていた小さな喫茶店は、今や底知れぬ哀感一色に包まれていた。

するると、今まで土下座を続けながら号泣し謝罪の言葉を繰り返す二人に対し、下を向いたまま ひと言も話さなかった遺族である父親が、初めて何かを語りかけようと二人に近付いた。そして、彼はもともとの穏やかな性格を醸し出して、やんわりとした口調で語り始めた。

「詳細はこの杉山刑事さんからすべて聞かせていただきました。あなた方もだいぶ苦しまれたでしょう。当然私どもも急に息子に姿を消され、どれだけ捜し回ったか知れません。でももう仕方のないことです。ただ運が悪かったんだと諦めるしかないんですから。あなたの息子さんのことはようく聞いております。昔ご自分のせいで友人を亡くして、その償いにその友人の妹さんの最期を看取るために、うちの息子を身代わりに仕事をさせたというじゃありませんか。きっと息子は実直な性格だから、人の頼みとあればどんなにこっちがダメだと言っても引き受けたに違いありません。だから息子は人の役に立てたと、あの世で喜んでいることでしょう。今はひとつもあなた方のことは恨んではいませんから、もう顔を上げてください」

そう言って、下条光一の父親は涙でぐしゃぐしゃに濡れた二人の手を、両手で優しく握りしめた。

意外な展開に、杉山と弘美は安堵の胸を撫で下ろした。当初は自分の息子を不慮の事故に巻き込まれ、不幸のどん底に追いやられた怒りや憎しみで、土下座する弱い立場の二人に対してこの老夫婦がどんな仕打ちをするか心配だったものの、それは杞憂に終わった。きっと杉山刑事の厚情の賜に違いない。それを一番実感できたのはもちろん弘美だった。

そして、この遺族である父親は、二人の手を取りながら更に続けた。

「あのう、急なことで大変申し訳ありませんが、これから息子の眠る墓を訪ねたいと思っておりまして。できれば今すぐにでも私どもをそちらへ連れていってくれませんか」

そう懇願され、弟の哲矢は涙でぐしゃぐしゃになりながらも、言葉にならない声で受け入れた。

「いいですとも。こちらこそ、そうしていただけたらと願っております」

哲矢のその対応に、母の雅代も涙ながらに頷いた。そしてその後は、それ以外の特別な気遣いや会話などというものは、双方に必要なかった。

ほどなくして皆はそれぞれタクシーに乗り込み、一路墓へと向かった。先ほどまでのあの悲哀に満ちた出来事が、束の間の嵐のように、どこへともなく消え去ったかのように、彼らが去った後の店内は、まるで水を打ったようにシーンと静まり返っていた。

一行を乗せた二台のタクシーは九十九里浜方面へと向かって走り続けた。

果てしなく広がる砂浜を一望できる小高い丘の上に、小野沢家の墓はあった。

ふと天空をあおぐと、そこは雲ひとつなく、まるで今まで持ち続けてきた悲しみや苦しみさえも一掃してくれる気がした。

辺り一面、亡くなった魂さえも静かに眠れる場所である。

皆に導かれるまま、自分たちの息子が眠る場所へと案内された老夫婦は、まるで今まで自分たちを苦しめてきた呪縛のようなものから解き放たれたかのごとく心穏やかな気持ちになり、ゆっくりと手を合わせ始めた。弘美は彼らの背後に立ち、自分もともに手を合わせながら心の中で思った。彼らの心をここまで落ち着かせることができた、杉山刑事の人間としての度量の大きさを、目の前の老夫婦の姿を通して、改めて気付かされた気がした。

そして夕日は落ち、夕焼けとともに長い一日は終わった。

すべてのことが白日の下にさらされた今、弘美にとっても、それに留置されている夫にとっても、もう何も恐れるものはなかった。だが、ひとつだけ気がかりなのは、今後あの老夫婦の気が変わり、夫を訴えてくるかもしれないということである。そのことが弘美の不安を募らせた。

そうなる前に、再び杉山刑事が動き始めた。

人知れず隠密に行動するこの男。一体何を目論んでいるのか、誰も知らない。

今回の件で、弘美は杉山刑事に、礼を尽くしても尽くしきれないほどの恩を受け、何としても心からの感謝の気持ちを述べたいと思い、彼の携帯に電話をかけてみた。しかし、弘美の予想していた通り、留守電に切り替わった。念のため留守電にメッセージを入れようとしたが、それはすぐにやめ一旦電話を切ることに。

（仕事柄留守電に切り替えることはしないはずなのに、なぜいつも彼と連絡がつかないのか）

弘美は心の中でそう呟いていた。

弘美はその日のパートの仕事を終え、洋品店の前を通り過ぎようとした。その時ふと、夫に下着でも差し入れしようなどと珍しく思いつき、衝動的にその中へと足が向いた。思えば、今までに一度でもそんなふうに夫を気遣ったことがあっただろうか。そしてなぜ今になって急にそんな殊勝なことを思いつくようになったのか、自分でも不思議だった。

が、思いを巡らすうち、それもすべては杉山刑事がお膳立てをしてくれたおかげで事を荒立てず解決に向かわせることができ、その安心感が自分をそういう行動に走らせたのかもしれないと思い至った。

店内に入り、紳士服売り場へと向かう。すると、カバンの中から携帯の着信音が流れた。

「もしもし」

「杉山です。先ほどはすみませんでした。実はよんどころない事情ができまして、それで電話に出られなかったものですから。ところで今どちらにいらっしゃいますか」

「私ですか。今洋品店の中にいるんです。夫に何か着替えのひとつでも差し入れたいと思いまして、それで買い物の最中なんです」

「そうだったんですか。それはそれは殊勝なことです。きっとご主人も喜ぶでしょう。それはさておき、今はちょっと手が離せない状態でして、ゆっくりお話できないものですから、追って私のほうからご連絡差し上げます。それでは」

杉山の電話はそこで切れた。いかにも忙しそうな様子に、刑事として任に勤しむ者の事情を考慮し、彼が言うように今後は杉山からの連絡を待つように努めようと思った。やっと夫の買い物を終えた弘美は、明日の仕事休みを利用し夫の面会に行こうと考えていた。

翌日。秋も深まり、少しずつ寒さを感じ始めたこの頃。弘美は夫のために、厚手のTシャツ三枚とセーター二枚、それに下着数枚を大きめの紙袋に収め、タクシーを拾って夫の待つ警察署へと向かった。

二十分後、タクシーが署の玄関に着くなり、ひとりたばこを吸いながらその場に立っている、見覚えのある若い男が目についた。よく見ると、それは水本春樹の姿だった。

弘美は急いでタクシーを降り、春樹のほうへと小走りで近付いていった。

「あら、あなたもあの人に会いにきたの？　仕事のほうは？」

「営業の途中でたまたまここを通りすがっただけさ。まさか君と会うなんて、奇遇だな。ところで君が手に持ってる荷物。もしかして、これから面会するの？」

「ええ。あの人に何もしてあげられなかったから、せめて着替えの差し入れでもしようかと思って。もうそろそろ寒い時期が迫ってるでしょう？　そう思って昨日洋品店で冬物類なんかを買ってきたの。それにもしも相手の方たちが心変わりして準矢さんを裁判にでも訴えてきたりしたら、まだまだあの人出られなくなってしまうんじゃないかと思って、それで……」

「そうか。君も苦労が絶えないな。それに幼い子供を二人も抱えながらじゃ、なおのこと大変だろう。もし何かあったら、俺にひと言相談してくれよな。だって俺たち友達だろ？」

弘美にとって、この時の春樹の思いやりの言葉が、どれほど慰めになったことか。

「ありがとう。あなたのその気持ちだけで嬉しいわ。それじゃ行くわね」

「ああ。君からあいつによろしく言っといてくれ」

チェック模様が描かれた大きな紙袋に夫への差し入れを入れて、さも重たそうにしながら署に入っていく弘美を、いや、自分にとってのかつての想い人を、春樹は姿が見えなくなるまで見守っていた。署内に消えてゆく弘美の後ろ姿を見つめながら、彼女のために、そして友人でもある彼女の夫・準矢に、何か自分ができうることはないかと考えた。言葉で気安めを言うだけではなく、もっと自分の全体を駆使して、彼らを今置かれている苦しみから救い出す手立てはないものかと。

春樹はゆったりとした足取りで石の階段を一歩ずつ下りながら、ふとそのようなことを模索していた。もしも万が一、準矢の身代わりとなって犠牲となった者の遺族が訴訟を起こし裁判になった場合のことを想定し、自分にできることは、ありや、なしや。

もしできることがあるとしたら、それはひとつだけ。それは、友人のために凄腕の弁護士を立てて、罪を少しでも軽くしてやることくらいだろう。かといって、自分の身の周りにそのようなハイレベルな人間などいようはずもなければ、ましてや、弁護士を雇うだけの費用があるわけでもない。それらのことを想像するだけでも、ことさら自分の置かれている立場を恨まずにはいられなかった。

その時である。春樹の脳裏にはかつて弘美の口から再三にわたって聞かされた、杉山刑事の存在がふと浮かんだ。

彼女との親密な付き合いのある杉山刑事とは、一体どういう人間なのか。

そう思った時、春樹自身もなぜか不思議と、彼の底知れぬ魅力に取りつかれ始めていた。

それから時を経て、季節は冬の始まりを告げるべく、辺り一面に粉雪が舞い降り、地面を白く染め出した。

遺族側から訴えがあるとすれば、そろそろ何らかの動きを見せてもよい頃なのだが、未だに何の沙汰も寄こさない。しかし、準矢を取り巻く周囲は皆、どんな沙汰が下されようとも覚悟だけはしていた。

そんな周囲の心配をよそに、春樹はひとり友人の面会に訪れていた。

その時、春樹の目に映った彼の顔は髭こそは剃られていたものの、どこか具合でも悪いのか、妙に痩せて見えた。

「おい小野沢。お前どこか具合でも悪いのか。随分顔色が冴えないぞ」

「ああ、ここんとこ風邪を引いたのか、ちょっと微熱が続いてるんだ。でもすぐよくなるから大丈夫だ。それよりお前仕事は大丈夫なのか。今日休みじゃないだろ」

聞けば確かに、友人の語る声にも張りがないように感じた。本当にただの風邪であってほしいと春樹は思った。

「大丈夫さ。営業の途中で立ち寄っただけで、あまり長居はしないつもりだ。お前の顔を見たらすぐ帰るよ」

するとと、目の前の友人が、ふと弱気な姿を見せるようにしてひと言もらした。

「お前が羨ましいよ」

「何が。何が羨ましいんだ」

「あの時お前からあいつを奪った罰が当たったんだ。きっとな」

「お前今更何バカなこと言ってんだ。もう過ぎたことじゃないか。俺は何とも思ってやしないさ。だって俺たち友達じゃないか。だからもうそんな話をするのはよせ。それより今日ここへこうして来たのは他でもない。お前ここの刑事さんから何か聞いてないか」

「何を?」

「何をって、本当に何も聞いてないのか」

「ああ。もしもあったとしても、直接俺には知らせないと思うがな」

「そうか」

「……」

準矢はわけがわからないまま、黙って俯いている目の前の友人をじっと窺っていた。

面会を終え、春樹は署を後にしようとした。そこで偶然、所属課の部屋の脇にある自動販売機の前で缶コーヒーを飲んでいる杉山刑事の姿を横目で目撃し、突然思い立ったかのように、彼のいるその場所まで近付いた。

「あのう……どうも」

春樹は恐る恐る相手に声をかける。

すると杉山は、初めて耳にする春樹の清々しい声にゆっくりと振り向いた。

「ああ、確かあなたは、この前小野沢さんの奥さんと一緒にご主人の面会にいらしてた……」

「はい。二人の友人の水本春樹といいます。こうして間近で直接あなたとお話しするのは、今日が初めてですね」

「そうですね。ところで今日は……もしや小野沢さんの面会にいらしてたんですか」

「はい。たった今面会を終えて帰ろうとしていたところでした。そこでたまたま通りがかりにあなたをお見かけしたもので、それでお声をかけさせていただきました。あなたにはあいつがいろいろとお世話になっております」

春樹の丁重な挨拶に、杉山は恐縮した。

「いいえ、お世話だなんてとんでもない。今回のことは稀に見る特異な問題が絡んでいますから、一概に彼だけを責めるということもできません。だってあの事故は、彼の知らないところで起きたわけですし、まさか自分が行くはずだった現場でガス爆発が起きて、身代わりの人間が死んでしまうなんて、一体誰が予想できたでしょうか。たとえば、仮に私が彼の立場であったとしても、やはり彼と同じように悩み苦しんだでしょうね」

春樹は、杉山刑事の話を聞きながら、まるで今まで死んだはずの人間が逃げ隠れして、家族に迷惑をかけていたことを、刑事の立場でありながらも擁護するような表現の中に、彼独特の優しさを初めて垣間見たような気がした。「この男は本当に信じられる人かもしれない」そう感じ、あることを尋ねてみようと思った。それが相手に厚かましいと思われることだとわかっていても。

「杉山さん。私はあなたと直接こうしてゆっくりと話をするのは今日が初めてですが、あなたは世間一般の、頭でっかちで融通の利かないデカに比べたら何倍も人の痛みがわかる心の温かい人だと、すぐに確信することができました。それで、その、だからこそそんなあなたに図々しい質問をするようで恥ずかしいんですが。ちなみに、私の友人の身代わりとなって亡くなった方の遺族の方たちは何かおっしゃっておられますか。あ、いや、その……これはただ単に私の独りよがりなおせっかいでして……すみません」

杉山は、春樹が何を言わんとしているのか、彼の目の動きを見ればすぐに理解できた。と同時に、彼のそういった謙虚な姿に、ある種の同情を持ち始めていた。

そこで杉山は、ゆっくりと春樹と会話する時間を設けようとしていた。

「どこか落ち着いた場所で、あなたとじっくりお話ができたらと思うのですが。あなたさえよかったら、これから私とちょっとそこら辺を歩きませんか。実はここんところ運動不足で腹も少し出てきたんで、事のついでに少し歩いて体を動かしたいと思うんですが、どうですか？

そんな中でお話が聞けたら、いい時間潰しになるはずです」

「でも、お仕事のほうは大丈夫なんですか？」

「まあ、私のことはご心配なく。さあ、それよりひとまずここを出ましょう」

春樹は相手にポンと軽く肩を叩かれ、引きずられるようにして外に出た。

これからこの杉山という男の口からどんな真実が飛び出してくるのか……わけのわからない不安と期待が膨んだ。

しばらくの間二人は無言のまま、未だに補修工事の施されていないでこぼこのアスファルトの上を、ただひたすら行く当てもなくゆっくりとした歩調で歩き続ける。歩き始めて数十分。互いのぎこちなさが露骨に醸し出ていた。さらに署を出る前とは打って変わって、取り付く島もない様子の杉山に春樹は困惑していた。この人は、本当は一体どんな人なのかと。

そして二人が無言のまま歩いて行き着いた先は、区役所の敷地内にあって、そこは今まで見たことのない大きな噴水の吹き上がる大広場だった。この日は平日とあって、週末ほど人の通りはなく閑散としていた。

二人は、この規則正しく吹き上がる噴水のしぶきを眺めながら、池の周りを縁取った大理石の上に腰かけ、そこでやっと杉山のほうから春樹に話しかけてきた。

「こうして何気ない光景を眺めていると、知らず知らずのうちに心が洗われるような気持ちになりますよね。普段なんでもないことが、こんなに幸せなことなんだっていうことを、誰も気付かずに暮らしている。平凡な日々だからこそ人は暇を持て余し、悪いことを考えたり人を傷つけたり、おまけに嘘をついたりしながら平気で生きている。ま、自分もそのひとりかもしれませんけどね。でもいつの日かその平凡で幸せな生活が崩れた時、人はその日を境に地獄のような苦しみを味わうことになる。まさに今の小野沢さんがそのひとりといえるでしょうな」

「杉山さんは人の心の闇をよくご存知で……」

「こんな仕事をしていると、色んな人の人生劇場に遭遇する機会が多いんです。しかし私が刑事という仕事をしてきた中でも、今回のようなケースに巡り合った経験は過去に一度もありません。それくらい特異な事件だと思うんです。だから、たとえばですよ。私が法の番人として法廷で彼を裁く立場であったとしたなら、きっと悩んでしまうかもしれませんね。だって実際罪を問うべきは、現場となった店側にあるわけですから」

「でも本人は言ってました。俺はバチが当たったんだって」

「なぜですか？」

「いえ、こっちのことです。ただひとつあいつに関して言えることは、彼は罪を逃れようとは微塵も思っていないはずです。たとえどんなことがあろうと、あいつはきちんと法の裁きを受けてけじめをつけたいと考えているに違いありませんから。それで、これは大変ぶしつけな質問ですが、遺族の方はどう対処するおつもりでいるのでしょうか」

春樹のこの問いかけに、杉山は多少ためらいの色を見せていた。実を言うと、数日前彼は隠密に遺族のもとを訪れていたのである。

杉山が訪ねていったその日、そこには先日の老夫婦だけがいて、彼に対しごく普通に接してくれた。もともと温厚な性格なのであろう。亡くなった息子の、生前の様子やら人となりなどを語って聞かせてくれた。

が、杉山がその日この遺族を訪ねていったのは他でもない。今後彼らが裁判を起こす気でいるのかどうかといった、いわば相手の出方を探るためであった。

そこで杉山は躊躇しながら二人に尋ねてみたのである。

その時の互いの会話の内容を、今目の前にいる春樹に教えることにした。

「実はですね。この前遺族の方の家を訪ねまして、『今後の小野沢準矢さんへの対処についてお伺いしたいのですが、どうなさいますか。訴訟を起こされるのでしたら、相手側に弁護人を付けなくてはなりません。そのためにも、早めにご決断をなさってください』と告げたんです。

すると、お父様がこんなふうにおっしゃいました。そのことに関して随分悩んだ、真実を告げられ、初めは何がなんだかよくわからぬまま時を過ごしていた、と。今まで自分たちが血まなこになって捜していた息子さんが、実は事故に巻き込まれて亡くなっていたんですから無理もありません」

そこまで言うと、その日のことを思い出すようにやや遠くを見据え、話を続ける。

「『しばらくは現実を受け入れることができず、息子を身代わりに立てて行方をくらました小野沢さんのことを恨みに思わなかったと言えば嘘になります。正直なところ、小野沢さんを訴えようかどうすべきかを真剣に悩んだ時期もありました』と言うわけです。彼のご家族、つまり弘美さんやお母様や弟さんに会うまでは、正直訴えるほうに気持ちが傾いていたとも教えてくれました。でも、実際に会ってみて、気持ちが変わったそうです。それは今でも変わらないとおっしゃっていましたよ。それもみな、小野沢さんのご家族の誠意が充分に伝わった証だと、私はそう確信しているんです」

「そうだったんですか。何はともあれ、越えられない壁をひとつ越えたんですね。では、ご遺族はこの後も裁判を起こす気はないと考えていいんですね」

春樹は杉山の目をじっと食い入るように見つめた。

杉山は自分の左手の薬指をいたずらっぽくいじりながら、これから話す内容を慎重に考えるというふうな仕草を見せた。そしてしばらくして杉山は顔を上げ、口元に何やら微笑でも浮かべているかのようにして言った。

「ええ。確かに一度は裁判にかけ、小野沢さんを追い詰めようかといきり立ったこともあったそうです。しかし今の自分たちにはそんな気力もなく、ましてや亡くなった息子がそれで生き返ってくるわけでもない。それに、現実自分たちよりなお一層、生きながらにして死よりももっと重い苦しみを味わっている小野沢さんやそのご家族のことを思えば、なかなか訴訟を起こす気にもなれず、できればもうここできっぱりとけじめをつけたいとおっしゃってまして」

杉山が今語った、嘘のような真の話を聞くことができた春樹は、不謹慎極まりないこととわかっていても、心の中で何かが弾けて、気分が高揚していることに気付いた。

「そ、そうだったんですか。ま、まさか相手の方からそんな言葉が出てくるなんて、お、思ってもみませんでした。き、きっと、あいつもその話を聞いたら喜ぶと思います。あ、いや、その、な、何て言ったらいいのか」

嬉しさのあまりつい言葉が乱れてしまった春樹を見て、杉山は微笑んだ。

「あなたは本当に友達思いの優しい方なんですね。小野沢さんは本当に幸せ者です」

「今日こうしてあなたとお会いできて本当によかった。あの、これからちょっと行くところがありますので、これで失礼します」

そう言って春樹はわざと逆方向の道を歩き遠回りをして、もう一度警察署の方向へと歩を進めた。杉山は小走りで去っていく春樹の様子を見ながら、彼の行動を即座に読んでいた。そしてその杉山の読み通り、春樹はあちこちの細い小路を抜けて歩を速めながら、準矢のもとへと再び姿を現した。

再び面会に応じることになった準矢は、さっきとは百八十度違った表情をしている春樹を見て、帰る途中何かあったのではといったような面持ちで言った。

「おい、お前一体どうしたんだ。あれからまっすぐ帰ったんじゃなかったのか。それに、お前何かいいことでもあったのか」

妙ににやけた表情を見せる春樹を見て、準矢は言った。

相変わらず青白い顔をして、乾いたような咳をし続ける目の前の友人を気遣いながらも、春樹はついさっき面会を終えて署を出る間際、偶然杉山刑事と出会い、そこで思いがけず遺族の話題に至った経緯を話して聞かせた。

事の詳細を知った準矢は一瞬戸惑った。

まさか遺族の方がそのような寛大な配慮をしてくれていたなどとは露ほども知らずにいた自分が、情けなくもあり恥ずかしくもあった。むしろ相手に罵倒され弾劾されたほうがどれだけ楽になれたことか。そうされることで、罪の償いをしていこうと今までこうして留置所の中で暮らしてきたのに、遺族の思いがけない温情に、かえって準矢は思い悩み苦しんだ。

それはひとえに、自分の身代わりとなって死んでいった、何の罪もない下条光一に対して申し訳ない気持ちでいっぱいだったからに他ならない。

そして準矢は、叫ぶような声で春樹に話しかけた。

「おい。頼みがある」

「何だ。何でも言ってみろ。俺にできることがあるんだったら何でもしてやるから、遠慮せずここで全部言ってくれ」

「そうか。お前がそう言ってくれるなら聞いてくれ。お前、遺族の人に会って、俺を裁判で訴えてくれとお願いしてきてくれないか」

「な、なに、なにを言ってるんだお前。今の俺の話を聞いてなかったのか。相手はな……」

「いや、ちゃんと聞いてたよ。だからこうしてお願いしてるんだ。こんな俺を絶対許しちゃだめだ。俺なりにきちんとけじめをつけたいんだ。だから頼む」

「お前ってやつは、どこまでバカなんだ。もう少し素直になれよ。お前はそれでもいいだろうけど、それじゃ弘美はどうなるんだ。子供たちは？　親姉弟は？　皆のことを考えたことがあるのか」

「そんなこと百も承知してるよ。あいつらだってきっと俺と同じ気持ちさ。世間に迷惑をかけたことの償いだけはきちんとしたいんだ。でなければ一生後悔して生きていかなければいけない気がして、こうしていても気持ちが治まらないんだ。たとえこのまま何のお咎めもなくここを出られても、決してまともな生き方はできないと思う。だから頼む。俺を法律で裁いてくれと伝えてくれ」

そう言ってどこまでも強い意志を貫き通そうとする準矢の目に、春樹はこれ以上相手を説得することはできないと悟った。

「お前がそんなに言うなら、杉山さんに直接頼んでみろよ。彼のほうが遺族に一番近い関わりを持っているから、彼に頼んでお前の気持ちを伝えてみたらいいよ。俺はこれ以上何も言うことがないから帰る。じゃな。あまり風邪をこじらせないようにな」

そう言って席を立つも、やけに準矢の顔色が悪いことだけが気にかかる。(ただの風邪であればよいのだが)春樹は心の中でそう願った。

その場に置き去りにされた当の準矢は、自分の思いを春樹に跳ね返され、大きな落胆を覚えていた。それでも後日、準矢は春樹に言われた通り、具合の悪い体を押して杉山との面会を試みた。

いつになく咳が激しく、微熱もあった。

「君。相当辛そうだね。本当に風邪なのかね? 念のために診察を受けてみたらどうだろうか」

「いいえ、大丈夫です。本当にただの風邪ですから。それより今日お呼びしたのは他でもありません。この前友人が来て、遺族のご意向を伺いました。あまりに寛大なご厚情に、かえって私自身戸惑っているところです。友人は相手の厚意に甘えるべきだと強く主張してきました。けれど俺は違う。俺のせいで人が死んだ。その罪を、これから精一杯努力して贖《あがな》っていこうと決めました。ですから杉山さんの口から遺族の方に、私を訴えるよう伝えていただきたいんです。お願いします」

深々と懇願する準矢の目を見ながら、杉山はただ黙ったまま腕を組み、じっと下を向いていた。しばらく経って、杉山はやっと顔を上げると、少々和らいだ表情で言った。

「そんなに裁判に訴えられたいんでしたら、直接遺族の方に言ってください。もしあなたから今のような剣幕で押されたら、相手のせっかくのご厚情が丸つぶれになってしまうかもしれませんよ。ましてや相手は息子さんを亡くしてしまったんだ。もうこれ以上相手の心を逆なでするようなことはやめて、静かにその精一杯の真心を受け入れてあげようじゃありませんか。一度失った戸籍はもう一度復活させればいい。そして再び今まで通り普通の生活を取り戻し、幸せを築いていってください。その代わり、そういった裏には遺族の寛大な配慮があるということを忘れてはいけませんよ」

杉山の口から出た言葉はもっともなことだった。辛くも真に迫った説諭を受け、準矢はさっきまでの意固地な気持ちがどこかへ失せてしまったかのように神妙な面持ちに変わっていった。その様子を見た杉山は、きっとこの男は今の自分の説得を理解できたものと受け止め、そのまま何も言わず席を立った。と同時に、杉山はひと言、準矢に伝えた。

「小野沢さん。あなたは決してひとりじゃないってことが、今回のことではっきりしましたね。あなたはいいご家族をお持ちの上、本当によき理解者であるご友人をお持ちだということを。

これからはその方たちとともにもっとご自分を大切に生きていってください」

そう言って、彼は準矢の前から去っていった。その時初めて準矢は、彼の言葉の裏に隠された、今まで味わったことのない人間としての温かさのようなものに直に触れたような気がした。

自分の犯した罪によって、どれだけの苦しみと悲しみを周りの人に与えてきたか。遺族の嘆き悲しみもさることながら、己の地獄の苦しみさえも大きな器で支え守られてきたのは、ひとえに彼の力によるものかもしれない。準矢はそう考えられるようになっていた。

だがたとえ刑は免れたとしても、準矢はこれからもずっと心の中で罪の重さを背負いながら生き続けなければいけない。それは、自分の身代わりとなって死んでいった下条の冥福を一生かけて祈り続けていくことと、もうひとつは、妻の弘美と二人の子供たち、それに親姉弟を苦しめたことへの強い呵責の念に苛まれ続けるということだ。


その後間もなく準矢は釈放されたものの、体調がなかなか回復しないため入院することとなった。しかし、彼の病状は捗捗しくなく、ますます体力の衰えを見せ始めた。

春の陽光がまばゆいばかりに、準矢の病室を明るく照らす。ベッドに横たわる準矢の横には、常に妻である弘美の姿があった。

その日はちょうど仕事も非番。二人きりのこの狭い空間の中で、こうして平凡な夫婦としての当たり前の姿で向き合えるという幸せを、杉山刑事によって与えられた。その感謝の気持ちだけは決して忘れることはできない。

しかし、そんな二人の幸せは長く続かなかった。準矢の病状は悪化の一途を辿っていったのである。

入院して数日が経ち、検査結果が出た。妻の弘美は医師に呼ばれ、この時思いもかけない現実を突き付けられたのである。

「ご主人の病名は、肺癌です。もって半年。短くて三ヵ月くらいでしょう」

思いもよらぬ夫の病名を聞かされ、弘美はかっと目を大きく見開いたまま、言葉を失ってしまった。気が動転しその場で呆然としている弘美に対し、医師は気遣うようにやんわりとした口調で言った。

「実は奥さん……ご主人の癌はすでに全身に転移している状態で、残念ながら手の施しようがないんです」

「え？　なんですって？　て、転……そんなバカな。何かの間違いです。先生もう一度ちゃんと調べてください」

医師の下した診断は変わらなかった。弘美は思わず言葉に詰まり、とうとうその場で泣き崩れてしまった。

突然夫の病名を知らされ、弘美はまるで別世界にでもいるような気分だった。ショックのあまりただ泣き崩れるばかりで、悲しみの底に打ちひしがれていく。そんな弘美を見るに見かねた若い看護師に肩を抱かれ、やっとの思いで立ち上がり、夫の待つ病室の前まで歩いていった。だが、涙でぐしゃぐしゃに濡れたままの顔では病室の中へは入れず、弘美はしばらくトイレの中で気持ちを落ち着かせることにした。

腫れぼったい目をした自分の顔を鏡に映しながら、さっきまでの出来事を思い出していた。一瞬にして地獄へと突き落とされたようで、夫が釈放されてから今日までの幸せすぎた日々を、どれだけ恨めしく思ったか知れない。泣くだけ泣いて出した自分なりの決断は、夫の命ある限り自宅で家族水入らずの楽しい思い出を作ってやることだった。

そのためにも、病気のことは最後まで本人には伏せておこうと思った。

しばらく経って気持ちの整理もつき、涙で崩れた顔を化粧直しでごまかしながら、夫の待つ病室へと向かった。

「弘美、随分遅かったじゃないか。どこ行ってたんだ」

夫の問いかけに、少々慌てた素振りを見せながらも、弘美は気丈に明るく振る舞う。

「あ、ああ。ちょっとね、いつも子供たちを頼んでる近所の友達に電話してたの」

「ああ、高橋さんていう、いつも子供たちが世話になっているあの人？」

「そ、そうなの。つい長話になっちゃって、それで時間がかかっちゃったってわけ」

弘美は精一杯の笑みを繕いながら、その場の窮地を脱した。

準矢は黙って弘美の話を聞いている。動揺する妻の姿には気付いていないようで、取り立てて疑いを持ったようには見えなかった。

ホッと一息ついたところで、弘美は夫に思い切って退院を勧めた。

「なんだって？　もう退院してもいいって先生言ってくれたのか」

「うん、そうよ。あとは家で養生していればよくなるって、そうおっしゃってたわ」

「そうか。大したことなくてよかった。直矢のやつ今年小学校に入学だろ。もう学校行ってる頃だろ」

「ええ。そ、それでさっき彼女に電話で直矢のことお願いしてたのよ」

「じゃあ、俺のことはもういいから、お前は早く家に帰れ。あまり高橋さんに迷惑をかけないようにな」

「ええ、そうね。あなたのことが心配だけど。それじゃ私帰るわね」

「ああ。気をつけて帰れよ」

後ろ髪を引かれる思いで、弘美は夫の病院を後にした。夕方五時過ぎのことだった。

不安と落胆を抱えながら帰宅の途に着いた弘美は、子供たちの前でもなるべく明るい言動を取るように努めた。すると、小学校に入ったばかりの長男・直矢が、不安気な眼差しで弘美の顔を覗き込んで言った。

「ママ。パパの具合どうだった？　よくなるって言ってた？」

その無邪気な愛息の問いかけに、反射的に母親の口は不思議なほど軽やかに動き始めた。

「直矢。今度ね、パパ退院してくるのよ。その時は直矢も香央ちゃんも一緒にパパを迎えにいこうね。きっと喜ぶわよ」

「え、本当？　よかった。またパパと一緒に遊園地に行けるね」

心の底から大喜びする長男の顔を見ながら、弘美は自分の中で抑えていたものが崩れそうになるほど動揺した。しかし弘美は、まだ何も知らない幼い我が子の前では極力悲しい表情を見せないように自制しながら言った。

「そ、そうね。あ、そうだ。パパが帰ってきたら、直矢の入学式の時の写真見せてあげようね」

「うん」

無邪気にはしゃぎながら嬉しそうな笑顔を見せて話す息子に、弘美は胸が痛んだ。

それから数日後、準矢は家族に付き添われ、無事退院を果たした。そこには、二人の共通の友人でもある、水本春樹の姿もあった。前もって弘美が連絡をしていたからだ。荷物の積み下ろしなどの役目を、彼が全部引き受けてくれた。弘美はこの時ほど、親友である春樹を頼もしく思ったことはなかった。言うまでもなく、彼の思いやりの心が、何よりも嬉しく感じる瞬間がそこにあったからである。

「春樹さん。少し休んでいかない？　荷物で散らかってるけど、ご飯でも食べてってちょうだいよ。それに主人も張り合いがあると思うから」

しかし春樹は、適当な言い訳をして帰ろうとしていた。

「すまない。実はこれから高校の同級生に会いにいかなくちゃいけないいんだ。悪いけど今度また改めてお邪魔するよ。じゃあな」

そう言って、春樹はそそくさと弘美の家を後にした。きっと、退院後の家族水入らずのひと時を邪魔したくなかったからであろう。彼の行動を見て、弘美はそう直感した。未だ親友の病気のことを知らない春樹にも、いつかははっきりと伝えなくてはと思いながらも、弘美の心は当惑の色を隠せなかった。

家の中では、ベッドに横たわる父親を囲んで、二人の幼い子供たちが口々に会話を楽しんでいた。

「パパ。病気よくなったら一緒に遊園地に行って遊ぼう。そうだ、僕ジェットコースターにも乗りたいな」

「直矢。もう小学校に行ってるんだろう？　パパこんな状態で入学式に行けなくてごめんな」

「大丈夫だよ。だってパパ病気してたんだもん。仕方ないよ。それよりも、後で僕の入学式の時の写真見せてあげるから」

「そうか。後でじゃなく今見せてくれよ」

「うん、いいよ」

そう言うと、長男の直矢は小走りに自分の部屋へ行き、アルバムを持ってきて見せた。

「ほら、見て。これ僕だよ」

息子の直矢は、自分が写っている部分を人差し指で示してみせた。

「これが直矢か。とっても可愛く写ってるな」

息子の顔写真に目を細めながら、父親である準矢は具合の悪い様子を子供の前では微塵も見せずに優しく微笑んだ。すると突然、愛する我が子に諭すように言った。

「直矢」

「なあに、パパ?」

「ママのことこれからも大切にするんだぞ。決して心配かけたりしないようにな」

「うん。わかった」

「それから香央莉。お前は今年何歳になるんだっけ?」

すると、長男の直矢より一つ年下の妹の香央莉が、はにかみながら答えた。

「五歳。今年年長組になったの。ゆり組だよ。あのね、香央莉ね、パパとママとお兄ちゃんと四人でまた山歩きしたい」

幼い娘の語りかけに、思わず準矢は目頭が熱くなるのを覚えた。

この時すでに、自分にはあまり時間がないことを知っていたからなのだろう。だからこそ、残された時間の中で、準矢は精一杯我が子との会話を楽しもうと懸命だった。

「そうだな。わかった。約束するよ」

そう言って右手の小指を差し出し、娘と指切りを交わした。

何も知らずにただ無邪気に父との会話を楽しむ幼い兄妹は、この病に冒された父の顔をひたすら覗き込みながら微笑んでいた。

そんなたわいのない親子のやり取りを、台所の片隅でじっと素知らぬふりをして聞いていた弘美は、ただただひたすら溢れる涙を必死に抑えていた。

準矢が退院したその日は、午後から夕方にかけて雨足の強い天候に見舞われた。

そんな悪天候にもかかわらず、春樹が療養中の親友の見舞いにやって来た。弘美に引き止められながらも一時は二人に気を遣って帰ったものの、やはり友人の体が心配になり、再びやって来たものらしい。

「おい。具合はどうなんだ？　もっとも退院したばかりですぐよくなるわけじゃないからな。ま、せいぜいうまいもんでもたくさん食べて、早く元気になってもらわなきゃこっちが困るからな」

「水本」

「なんだ」

「お前にお願いがあるんだ。俺の話を聞いてくれ」

「なんだ、やぶから棒に」

「きっとあいつは俺がもう長くないってことを知ってて、あえて俺を退院させたんだと思うんだ」

「おいお前、何言ってんだ」

「いいから黙って最後まで聞いてくれ。あいつはきっとどうするべきか迷いながら、お前にもそして家族にも本当のことを言えないでいるはずだ。だからこれから俺にどんなことがあろうと、あいつのことは決して責めないでほしい。たぶん俺はもう長くない。今まで皆に迷惑をかけて、本当に申し訳なく思ってる。本来なら今頃俺はこんなふうに安穏としていられる身分じゃないはずなのに、ご遺族の厚情に甘んじてこうして平々凡々と生きていられる。だがそのことが、俺にとってどれだけ苦痛かお前にわかるか。むしろ厳罰に処されて罪の償いを強いられたほうが、どれだけ楽になれたことか。俺はこの世で犯したすべての罪を背負ってあの世へ逝くよ。そして俺が逝った後、お前に頼みがある」

その時、今まで冗談混じりにあしらっていた春樹の表情が急に強張った。が、それにも気付かぬ準矢はなおも続けた。

「弘美のことは本当にすまなかった。もしもあの時お前を出し抜いてあいつをさらったりしなければ、あいつを不幸にすることはなかった。むしろお前と一緒になったほうが、どれだけあいつにとって幸せだったことか。何度謝っても謝りきれない。そこでだ。お前に一生をかけて頼みたいことというのは、俺の亡き後、あいつと一緒になってほしいということだ。じゃないと、俺は死んでも死にきれない」

春樹は準矢が話す間、込み上げてくる怒りをぐっと抑えながら、ひと言も発さず黙って準矢の言い分を聞いていた。が、とうとう堪忍袋の緒が切れ、気が付けば、病の床に伏す人間に対して罵声を浴びせていた。

「お前そんなに悪かったのか。どうして今まで黙ってたんだ。なぜ病気のことを俺に打ち明けてくれなかったんだ。水臭いじゃないか。俺はお前の一体なんなんだ。俺は、俺は、そんなお前が許せない」

そう言いながら春樹は、準矢の枕元で嗚咽を繰り返した。言うだけ言って安心したのか、準矢はそのまま何も語らず眠りについた。

そして春樹は、準矢の枕元でそっと呟いた。

「お前。お前はそれでいいのか。お前、自分のしたことの尻拭いを全部俺に押しつけて、平気であの世に旅立っていくっていうのか。お前は卑怯者だ。大バカ者だ。だけど、最後にお前が言った言葉だけは約束できんぞ。これだけは俺の一存では決められないからな」

それだけを言い残して、春樹は静かに部屋を後にした。

夫と春樹がどういったやり取りをしていたかなど何も知らずにひとり台所で茶を入れていた弘美が、ふと視線を上げると、茫然とした様子で春樹が立っているのに気付いた。そこで春樹は初めて、自分の親友がもう長くない現実を口走った。

するとそれを聞いた弘美は、改めて悲しみを滲ませながら言った。

「あの人、自分の命がもう長くないこと知ってたのね。いくらこっちが隠していても、いつかはわかることですものね」

「あいつらしいよ。最後にあいつ何て言ったかわかるか？」

「え？」

「自分が逝った後、君のこと頼むってさ。つまり君と一緒になってほしいと」

夫が意外なことを言ったといわんばかりに、弘美は硬直してしまった。

「あの人が、あなたにそんなことを……」

「ああ。俺から君を奪ったことを、今更のように後悔しているみたいだった。だからついそんな心にもないようなバカな言葉が出たんだろうよ。大バカ者だよ。あいつは」

「それであなた、何て答えたの？」

「別に何も言わないさ。その後、言うべきことを言って安心したのか、そのまま悠長に眠っちまった。本当に勝手な奴だよ」

そう言いながらも、春樹は心の中で泣いていた。

相変わらず外は土砂降りの雨が降り続いている。春樹はそれ以上何も語らず、弘美に対して暗黙の了解とでも言うように、互いの目と目で頷きながら別れた。

降りしきる激しい雨に打たれながら、春樹はとぼとぼと駅の方向に向かって歩き続けた。寂しげに歩く自分の背後からは、弘美の悲しい嗚咽する声が、どこからともなく聞こえてくるようだった。

幸い道行く人は誰もいない。

春樹は初めて、雨の音に紛れながら男泣きに泣いた。

「チクショー。どうしてあいつのことを連れていこうとするんだ。チクショーチクショー」

それからしばらくは、準矢の容体を気遣いながらも平穏な日々が続いた。しかし、それから三ヵ月もしないうちに、春樹のもとへ、弘美から一本の電話が入った。

「もしもし弘美です。主人、たった今息を引き取りました」

「……」

弘美から、準矢が亡くなった知らせが入った。春樹は電話を受けて、初めはなかなか現実を受け止められず、その場に茫然としていた。だが、すぐさまハッと我に返り、やっとの思いで、来るべき時がとうとう来たかという事実を重く認識していた。

「そうか……。わかった」

春樹はたったひと言そう言って電話を切った。それ以上後に続く言葉が見つからなかったのだろう。

その日、春樹はどこへも行かず、じっと家の片隅に身を置いていた。その日だけは、黙って準矢の冥福を祈っていたかったからに違いない。

一度はこの世から抹消され、生き場を失った親友。困惑しながら、やり場のない苦しみと闘う日々の中、思いがけなくも下条光一の遺族から受けた厚情により、再びこの世に蘇生することができた。しかし、皮肉にも準矢の体を、知らず知らずのうちに病魔が蝕んでいた。

準矢自身が密かに自らの寿命を悟ったのは、実を言えば、留置所にいた頃からだった。自らが取った行動によってひとりの人間を死に追いやってしまった罰を受ける時が来たと、その時から徐々に、準矢の脳裏に去来していたに違いない。そんな理由もあり、決して周りには自分の病が深刻な状態にあることは悟られないようにしてきた。そして、そうしている間にも、どんどん病気は進行していったのだ。

釈放後、準矢は家族に連れられ検査入院をした。しかし、検査の結果が出た時にはもう手遅れの状態だった。

夫の亡き後、弘美は後悔してやまなかった。なぜもっと早く夫の病気に気付いてやれなかったのか。そうすれば、きっと夫を助けることができたかもしれないのに、と。

そんな悲しみも癒えないさなか、弘美のもとへ一通の手紙が送られてきた。

差し出し人は春樹だった。

「あの人から手紙が来るなんて。何かあったのかしら」

封筒の裏に書いてある差し出し人の住所をよく見ると、そこには北海道の札幌とあった。

「あの人、札幌に……なぜ、あの人こんなところに……」

弘美にとって、春樹が今自分から遠く離れた場所に住んでいること自体寝耳に水だった。とりあえず、送られてきた手紙の文面に目を走らせる。

『あいつが亡くなってまだ日が浅いというのに、俺は勤めていた会社を辞めて、北海道で暮らしているんだ。君に黙ってこっちへ来てしまったこと、すまないと思ってる。あいつが本当にこの世からいなくなってしまった今、俺自身どうするべきなのかようく考えてみた。最初ガス爆発であいつが死んだとされた時は、さほど悲しいとか寂しいという気持ちが不思議にも湧いてこなかったのに、どうして今になって本当にあいつがこの世からいなくなったとたん、わけもなく辛く悲しく身の置き場がなくなってしまったのか。それはやっぱり、あの土砂降りの雨が降った日、最後にあいつの枕元で交わした会話が忘れられなくなってしまったからだと思う。俺に君を一任して逝ったあいつの心情を思うと、毎日が辛くてどうしようもなくなって、とうとうこんな遠い場所へ逃避してしまったというわけだよ。あいつを亡くして悲しみに暮れている君を置いて逃げた、こんな卑怯者を許さないでほしい。俺は結局あいつとの約束は守れなかったけど、遠くから君の幸せを祈ってるよ。それじゃあ、いつまでも元気で』

読み終えた後、弘美の目に大粒の涙が溢れていた。大切なものがすべて自分の元から去っていってしまった。残されているのは、夫との間にもうけた二人の幼い子供たちだけである。これからどれだけ長い道のりを歩けば本当の幸せに辿り着けるのだろうか。

もうここには一番の頼りとする春樹の姿はない。弘美の胸中は、不安と孤独でいっぱいだった。

しかしある時、弘美の中にあるひとつの思いが芽生え始めた。

春樹は決して自分から離れていったのではない。ただ単に、現実逃避をしただけのこと。そう考えた時、彼は心のどこかで私という存在を必要としているのではないか、そう思えてならなかった。

もしかしたら、心の中でそうやって勝手に決め付け、自己満足に陶酔しているという、いわば身勝手な錯覚におぼれているにすぎないかもしれない。それでも、弘美は素直にそう信じていたかった。

真夏の暑い太陽の日差しを受けながら、弘美は子供たちを連れてタクシーを飛ばし、一路空港へと急いでいた。

行き先は誰も知らない。

ただ言えることは、彼女の心に芽生え始めたひとつの希望と信念に基づいて、自分の抱いている深い思いを成就させるための、いわゆる計画的旅立ちであるということ。そして弘美は生まれて初めて、機内で目にする真っ白な雲の広がりの中に、過去と未来の自分の真実の姿を描いていた。

あとがき

前作『白いワルツ』では、若い男女間に渦巻くさまざまな恋愛模様を描き出したのに対し、本作はまったくジャンルの異なったものに挑みました。

平和で幸福な日々を送っていた一つの家庭が、ある日、思いがけない事故を境に一変してしまうというところから物語は始まる。家族が事故に巻き込まれ亡くなってしまうのだが、ヒロインの一途な思いが奇跡を起こす。

この作品を描く際に、初めて推理小説に挑んだという緊張感と好奇心でいっぱいでした。いろいろな方面から物語を展開させ真実に辿り着くまでの間、どのようにヒロイン弘美の心を洞察していこうかという難問に直面した時、自分が過去に経験したことを思う存分生かしていければと思い、思い切り体当たりできたことに深い満足感を覚えました。

最後の部分では読者の方の独自の見解を持って、いろいろな形で想像力を働かせながら読んでいただければと思っております。

著者プロフィール

白木 沙波（しらき さわ）

1959年、岩手県出身。
一男、二女の母。
趣味は読書、手芸、短歌、ビデオ鑑賞。
著書に『白いワルツ』（2009年、文芸社刊）がある。
座右の銘は「最後まで夢を諦めない」。
憧れの芸能人は真矢みき、天海祐希。

白雀の絹雲

2013年６月15日　初版第１刷発行

著　者　白木 沙波
発行者　瓜谷 綱延
発行所　株式会社文芸社
〒160-0022　東京都新宿区新宿１－10－１
電話　03-5369-3060（編集）
03-5369-2299（販売）

印刷所　株式会社平河工業社

ISBN978-4-286-13765-0